我如果回来

刘伟 / 著

If I come back

当代世界出版社
THE CONTEMPORARY WORLD PRESS

序

《如果，我回来》是我的第一本书，付梓之际，难免感慨万千，一时竟不知要说些什么。

这个故事，非常绵长，早在我十九岁那年就已落笔。当时，我做了一个很诡异的梦，梦见一个棺材，我住在棺材里，明明已经死亡，却还能自由呼吸，并且听到棺材外面的人在讲话……苏醒后，我对这个奇怪的梦始终无法释怀，思绪就这样铺散开来，于是，就写下了这个故事。

我试图在这个故事中插入一些关于人类珍惜生命和时间的内容，再融合一些爱情和亲情作为背景，希望大家透过字里行间感受到爱的力量。

其实《如果，我回来》只是一个大故事中的很小一部分，分为两部分，前面是小说《重生》，后面为电影文学剧本《十日》。这只是这个系列小说的第一部，接下来还会有九部。

《重生》讲述的是一位死了将近十年的男子，有了一次复活十天的机会。复活后，他发现生前的记忆犹新，自己是为救心爱的女孩而死。

周围的环境以及无尽的思念驱使男子回到女孩的身边。此时，女孩已被造物主施法，她的时间停止了。男子本想看一眼女孩，便心满意足，却无意间发现她因为他的离世抑郁寡欢，只能靠药物维持生活。男子心如刀割，决定要帮助女孩走出阴影……

《十日》的主体故事与《重生》雷同，却演绎出不同的走向。为拯救心爱的女孩，男子排除一切万难，欲与造物主来一场对决……时光却回到了十年前，往事重演，男子为了救女孩而沉入海底。这次，被造物主压在海底万年的龟神冲破诅咒，将男子从海底救出。男子因而与女孩重逢，再续前缘。然而，这个男子究竟是什么人？龟神为何被压在海底？疑问会在结局被一一破解。

细心的读者们可能发现了，《重生》和《十日》的故事貌似一样吗，但结局迥然不同，我也说了，这本书只是一个庞大故事中的一小部分。接下来，我还要将这个庞大的故事根据不同结局写出不同线索的小说续集和剧本续集。读我的书，就像看两场结局不同的电影，但愿，读者们会接受我的这种表现形式。

好了，现在就让我们一同去书里冒险吧！

目 录

001
重 生

105
十 日

重生

天空,墨黑

1

　　午夜，天是墨黑的了。没有月亮，没有星星，没有声音。指针指向十二点，时间停止了，但世界却开始离谱地变化着。

　　世间的人，睡着了的继续睡，但已开始变得不会做梦，也听不见任何声音，宛如一个会呼吸的死人躺在床上；没有睡觉的，或写作，或上厕所，或正在喝咖啡，动作奇迹般地因时间停止而同时停止，保持着在所站或所坐的位置和姿态。很快，世界开始大张旗鼓地变化起来。除了所有低矮的住宅渐渐退了色，从最初的颜色变为铜绿色或棕褐色，最后像被施了法般变成一座座小巧单调的坟墓之外，什么高楼大厦或娱乐场所都没有变化。接着，所有埋着逝者或尸骨的坟墓从它们最初的古褐色或银白色变为五颜六色，像一个伟大的画家在他的画上着色一般，最后竟变成了一座座精致的房屋。骨灰依旧是骨灰，没有腐烂的尸身却在一瞬间都复活了，腐烂的躯体或脱离血肉的骨头像被灵魂拯救了似的，慢慢复原自己的身体，最后也都复活了。

　　一切似乎都已经变化完成，时间也开始流动。

"呀！"很多复活后的人一睁开眼睛就按照生前习惯像睡醒了似的伸着懒腰。

"咦，我是谁？我从哪里来？"一个叫黎安的男人对自己的状况很不解。其实不只是他，所有曾经死去的人都不知道自己是谁，像失忆了一般。

突然，所有复活的人双腿像被控制了般都从新房屋里走出来，样子不像僵尸，就是正常走路的姿态，表情也很自然。所有人都乖乖地站在门前，好像在等待着什么。

"可爱的人们，恭喜你们复活了。"一个声音不知从哪里传来，却可以飘进人的心灵深处，"我想跟你们说的是，你们虽恢复了生命，但也只有十天。这十天，你们可以做很多事，但无论做什么都不能让以后活着的人觉察到你们复活过。那些活着的人，现在并没有死去，只是相对来说，他们的时间停止了，保持着他们现在的姿态，请记住不要触碰他们。"所有人认真地听着这个颇有权威性的声音，灵魂似被控制，表情却极其自然。

"你们中最多有死了三十年的，所以以前的回忆依然存于脑海，对世间或许有着很深厚的留恋或怀念，但请记住，你们只有十天的生命，十天后，你们将永远于地下长眠，希望每一个人都可以认真把握每一天，这就是我让你们复活的意义。"那声音依然在飘在空中，非常神秘，"最后，祝你们一切顺利！"

声音渐渐飘远，人群渐渐脱离了控制，所有复活的人像被点化了似的，头脑清醒过来，什么都明白了，连回忆也像风一样迅速窜进脑海。

人们开始欢呼，为重生而百感交集。他们聚集在一起狂乱地唱歌、跳舞，即使彼此间并不认识。他们觉得，能够再活十天，已是十分奢侈的事情。

只有黎安依然站在门前，看着周围激动的人群沉默不语。他一直想着之前飘进自己灵魂深处的那段话。他相信，没有一个人会忘记，但他想记得更加牢固一点。或许，他还在发懵，也不一定。

"你怎么没有跟他们一起手舞足蹈呢？"一个温柔的女声在他的耳边响起。

黎安寻声望去，说话的女人左手挽着一个高大魁梧的男人，右手轻轻搭在两人前面七八岁的小女孩稚嫩的肩膀上。显然，他们是一家人。女人的眉目很清秀，皮肤保养得很好，全身散发着温柔贤惠的气息；男人始终微笑，给人一种能容纳百川的气度；女孩很漂亮，天然的卷发，有些长，乖乖地披在肩膀后面。——这么美好的三个人，怎么都死了呢？

黎安莫名其妙地看着他们，始终不语。

"我们是你的邻居，很高兴认识你。"男人主动介绍，像好朋友似的，"我叫海运，这是我夫人灵水。"海运用左手指了一下女人，"这是

008　如果，我回来

我女儿。"说着,他把自己的右手也搭在女儿肩头。

"我叫倩倩。"女孩甜甜地说。天使般的声音触动了黎安,他笑了,很真诚地。

"叫我黎安吧!"黎安回应着对方的热情,"很晚了,我们都休息吧!"

男人和女人表示赞同,牵着孩子的手,回到了他们的新家。

黎安也慢慢走进自己的房屋。不知从什么时候开始,世界已经安静下来,没有人再喧哗。

黎安直直地躺在自己的床上,仔细抚摸这张软软的床。他知道,半小时前,它就是一个木质棺材。他觉得一切都是不可思议的,好像在做一个荒谬的梦,但又相信这是现实。他的手指划过浅黄色的床单,自觉已很久没有这种生的感觉了。

"或许我死了很久了吧?"黎安自言自语。

月亮在空中若隐若现，风有节奏地徐徐吹着。秋天已来一阵子了，树叶漫天飞舞，飘落到地上后又开始辗转盘旋。突然，一枚棕绿色的松叶飞进黎安的房间。黎安的手指依然在床单上划着，当松叶触碰到手指，他的动作随即停止。

他捻起那枚精致的松叶，凝视着它，似乎看到了它的细胞。

其实，黎安是想起了小他两岁的女友。

楚诗诗是个迷人的姑娘，黎安认识她时，她只有十九岁，一头乌黑的头发在空中飞舞，常常勾起黎安想要吻她的冲动。诗诗的家在一大片松树林里，秋天的时候，温柔的风吹得棕绿色的松叶在空中翩翩飞舞，像一幅美丽的画。黎安常常牵着她的手来到树林漫步，无所不谈，也常会带一些小礼物作为给她的惊喜。诗诗总是露出喜悦而惊讶的表情，脸上浮起的绯红常常让黎安的心没有节奏地跳动起来。他喜欢在松林里深情地将她揽在怀里亲吻，或者什么也不做，只是和她静静躺在铺满棕绿色松叶的地上稍稍睡上一会儿。

他们是一对多么令人羡慕的恋人啊！

黎安没有再想下去了，已经凌晨，他睡了。

2

月光从窗口倾泻下来,洒在黎安安静的脸上。他的脸部轮廓清晰可见,浓眉透着英气,高挺的鼻梁像是雕刻出来似的。无疑,他是英俊的,像一个王子。他保持着二十五岁的青葱相貌,虽然他似乎死了很久。

早起的时候,黎安还是保持以前的习惯,第一件事就是倒一杯水喝。喝水的时候,他猛然想到,这个习惯是楚诗诗培养起来的,她说早起一杯水,可以促进血液循环,更好排除体内的毒素。

黎安很想念他的女友,虽然她很有可能已经结婚,甚至有了孩子。

不管怎样,黎安都决定要看她一眼。

他随便吃了一些早餐,穿戴完毕就出门了。他很高兴,造物主还赐给他一辆汽车,虽然它很有可能只是某块石头变成的。

靠着娴熟的技巧,黎安在公路上自由驰骋,不用担心被车撞到或撞到别人。或许因为可以再次看到楚诗诗的容颜吧,他竟快乐地哼起歌来。突然,一辆白色的跑车在他身边急驰而过,是海运他们一家人!看样子他们也很快乐、幸福呢!应该是去哪个游乐场尽兴吧!

　　复活之人趁这个机会好好享受一下似乎也理所应当。

　　黎安的车速很快,瞬间,他已来到楚诗诗以前的家,一个很大的坟墓前。他一点都不觉得奇怪,似乎早就想到死人和活人的居住地已经交换了。

　　依然是松树林,依然是满地的棕绿色。

　　黎安静静地走在松树林里,听着脚步踏着树叶的清脆声音。这个地方让他很有感触,他和诗诗最美好的回忆差不多全都留在这里。或

许，所有复活的人现在都在令自己感慨良多的地方静静凭吊。觉来竟有些荒唐，明明死的是自己，却觉得活着的人失去了生命。当他看到楚诗诗的房子变成坟墓时，这种感觉似乎更加真实了。

"终究还是不在同一个世界呵！"黎安暗自感慨着，"但已经很满足了，还能再看见她。"

黎安来到坟墓前，轻轻打开这道银色的木门。"吱呀——"门发出冗长的声音。黎安并不担心，他记得那个飘入灵魂深处的声音说过："相对来说，他们的时间停止了。"也就是说，他们什么都看不见，听不见，没有思考，没有动作。

他走进去，把门关上，转身的时候却被吓了一大跳。

"这都是些什么！"黎安差点叫出声来。

其实房子里的摆设没有变，变的只是房子的外表而已。黎安还以为诗诗的房子应该是真正的坟墓，有一个大大的棺材放在那里，而她本人正安安静静地躺在棺材里睡觉，或者旁边还有她的丈夫也说不定。可他却看到一个优雅的茶几，上面放着些复古的茶具。茶几周围是米白色的软沙发，靠墙的沙发左边有一盆纯白色的百合花。

"真是不可思议！"黎安看见了淡紫色的窗帘，外面的光透过窗帘照射进来。他明明看到房子的外表是封闭的坟墓，难道所有在路上看到的坟墓都是这样吗？一切都暂时颠倒了过来？

"造物主真是太伟大了！"

014　如果，我回来

黎安在房间里走着，来到一扇门前，将它轻轻推开。他知道里面是诗诗的房间。当他进去的时候，又差点被吓了一跳。他看见一个老女人在关台灯，手还没有按下去，灯仍是亮的。她的姿态一直都没有动过，连眼睛都没有眨过。她的眼神似乎很无奈，好像之前发生了一些让她心烦的事情。

"是佣人吧？"他自言自语。再走近一点点，他看见台灯旁边的床上躺着一个女人。女人给他一种很熟悉的感觉，看起来有三十岁的样子。黎安似乎意识到了什么，但他不敢往下想。

然而，他终究还要面对现实。

"诗诗？"这个女人依然美丽，只是不再像他记忆里那么年轻。他的表情似乎有些复杂，是因为自己真的死了很多年？是因为楚诗诗不再年轻？还是因为她的样子让他感觉好像一切都在梦中？他只能慢慢接受这个荒谬的现实。

黎安的表情渐渐放松下来。他看见床边书桌上有他们的合影，背景是黎安港的海边。他走过去拿着相框，这是多年前拍的。他不知道该做出什么表情，但多少还是有点意外的——楚诗诗居然还未结婚。

他放下相框，来到床边坐下。他就这样静静地看着躺在床上熟睡的楚诗诗。他想伸手抚摸她依旧迷人的脸，手却突然停在半空。他想起造物主说过的话:"请记住不要触碰他们。"

他把手缩了回来,借着灯光,他一直看着眼前的女人,陡生一种深深的无奈和丝丝的痛苦。他想叹气,又觉得很满足,能够再次复活而看到心爱的女人,真的已经足够了。他站起身,却突然看见床边有一瓶药,索性又坐下来。

"是什么药?"黎安感觉有些莫名其妙,他伸出手臂很轻易就拿到了那瓶药,定睛一看,脸色瞬间变得难看,他甚至感觉全身的细胞都在颤抖。

"抑郁症!"黎安差点尖叫起来。此时,他一点都不理智,看着躺在床上的女人,终于明白她多年没有结婚的原因。

她是因为自己死去而得了抑郁症吧!所以,她才没有爱上别人,一直都是父母和女佣陪着她吧!她病成这个样子,所以女佣的眼神才会很无奈吧……黎安没有勇气再想下去。

他很感激造物主施法让他再度有了生命,从而可以看到楚诗诗的容颜。然而,他又为她的病感到异常担忧,想想以前,她在他面前是多么快乐啊!

黎安在金色的沙滩上坐着,这里是黎安港。港湾有一座乌龟山,因像极乌龟而得名;海滩左边有一座山,叫猫岭,外形像一只猫静静趴在海面睡觉;海滩右边屹立着一座绵长的山峰,叫龙山,像一条从天而降的祥龙。这里的山非常奇妙,座座都酷似一种动物。

重 生 017

黎安不知自己的名字和黎安港有什么关系，可能仅仅是巧合而已。但是黎安港的这片海，让他有种非常亲切的感觉。

黎安港也是他们当年经常约会的地方。

楚诗诗不知道从哪里冒出来，从黎安后背拍着他宽厚的肩膀道："嘿嘿！你果然在这儿啊！"

黎安笑道："你不在家，出门又不带手机，我只好在这里等你啊！"说着，微笑着把她揽在自己怀里，依然坐在海边。

黎安说："我知道你一定会来。"

诗诗也微微扬起嘴角，即使风已经把她的头发吹乱。

他们就这样安安静静地注视着大海。

诗诗突然跳起来，看着黎安。

黎安宠溺地看着女友。

诗诗好奇地问："安，你的名字和黎安港有关系吗？这名字是谁取的？"

黎安道："听我爸爸说，我出生的那天，电闪雷鸣，生下来时我的啼哭声很大，引起医院楼道口一位老爷爷的注意。他看了看我的手相，跟我爸说，这孩子经脉神异，将来必遭劫难，建议我爸取名为'安'，兴许能躲过一劫。"

"黎爸爸信了？"

黎安轻笑道："我爸说他不信，但他看到老爷爷神情自若，步履如仙,还是半信半疑给我取了这个名字。恰好当时这片海被村长取名为黎安港,我爸觉得这或许是天作之合,更加对老爷爷的话深信不疑。"

诗诗往黎安港的左边看,是乌龟山。

楚诗诗:"我一直都很好奇,为什么那座山跟乌龟长得一模一样……"

黎安拥着诗诗道:"我也不太清楚,我爸爸小时候给我讲了一个龟神的传说。我记得不太清楚了,大概就是有一天,造物主让龟神在海上巡逻,龟神发现海面上漂浮着一位女子,是人类。她命中注定要遭此一劫,被无情的男友抛弃海中。龟神大发慈悲,将她救上了岸。女子最后活了下来,变成一个哀怨的魔鬼,扰乱人世间。因怨恨太深,女子最后只得由造物主收服。龟神因此而受到惩罚,被埋在海底一万年。

而那座乌龟山是龟神的夫人,它为了守护龟神,将自己定在黎安港的海边,至今也不知多少年了。"

诗诗轻叹:"这个传说,是真的吗,安?"

黎安哈哈大笑道:"哎呀,骗你的啦!这种骗小孩子的故事你也信哦!真傻!"

黎安摸摸诗诗的头发。

诗诗有点生气道:"哎哟!搞了半天是你自己编的啊!"

她用小拳头捶打着黎安。

重 生

黎安抓住她的手傻笑:"我也不知道是不是真的,我爸跟我说的,我根本不信。"

"那就不管它了。走,我们去海洋主题公园游乐场坐摩天轮!"

楚诗诗在游乐场更像是一个快乐的孩子。

"好。"黎安总是微笑着刮着她挺秀的鼻子。

他们到售票处买好票,检票后就双双坐在一个小小的银色空间里。

"这一次不怕了吧?"绑好安全带,黎安对着冲天空傻笑的楚诗诗笑道。

"拜托!我从没有真正怕过!"诗诗佯装生气,眼睛却一直在笑,样子很幽默,让黎安觉得她甚为有趣。

他知道她多少还是有点害怕的,因为每次摩天轮在空中摆动的时候,她就大叫,表情夸张。

"啊!啊!啊!啊……"当摩天轮在空中摆动时,诗诗照例惊叫起来,而黎安也像从前那样微笑着看她在空中怕并快乐着……

现在坐在楚诗诗身边的黎安还是微笑着,他的回忆很美好。然而,当他把思绪拉回来,又感觉非常失望。

他站起身来,想要去另外一个地方,那是楚诗诗父母的房间。黎安在和楚诗诗认识四年后,曾经在那个房间睡过一次。

房间里的样子他早不记得,虽然除去他的死亡时间就只是间隔半年没有来过这里而已,但他实在是没有印象了。然而,他还是用手摸着屋里的衣柜，摸着墙壁上楚诗诗一家人的全家福，然后到书桌前坐下。他觉得一切都好亲切。他喜欢这种感觉，像游子回到家里的感觉。可他这次回来，却没有人拍着手欢迎他，没有人给他惊喜，没有人送他礼物，没有人亲吻或拥抱他，没有人和他一起吃饭，没有人和他去外面的松树林散步……想到这里，他竟然有些怨恨造物主给他复活的机会。如果没有复活，就不会涌出这么多痛苦的回忆和令人绝望的希望。

他无奈地叹了口气，为楚诗诗叹了口气。

"一定是我害了她……"他开始自言自语，说这句话时，感觉自己就是一颗灾星，语气中满是内疚。他觉得自己应该要做点什么来弥补她。

黎安还没想好怎么帮助诗诗，她现在有点像活死人，可他却深感无从下手。他的情绪开始有点烦躁，他以前也并非是冷静的人。他终于又站起身来，不是出去，而是躺在床上。

床给他一种软绵绵的感觉，或许是很久没人睡了，也或许是天气有点凉，床给他一种冷冷清清的感觉。摸着床单，他突然涌起强烈的心痛。这么多年，楚诗诗到底是怎么熬过来的呢？想必常常流着清泪吧！那种习惯了快乐和幸福的女孩，突然间失去生命中最重要的爱人，悲痛欲绝的样子恐怕很难想象得到吧！

他渐渐把自己的身体蜷缩成一团，试图去感受她的悲痛。突然，

他有一种似曾相识的感觉。他记得那次躺在这张大床上的时候,身体也是这样蜷缩着,样子却没这么难看,他是因为抱着诗诗而让自己的身体弯曲着。诗诗那时穿着白色的公主裙,而不是松松垮垮的睡衣。

那天,他们去了一座庄园,里面是令人痴醉的花海。

"我们去那片兰花中间的小路上散步,好不好?"诗诗牵着他的手微笑道。

"为什么不呢?"黎安宠爱地笑着,"那我们怎么去散步呢?"他的表情越来越神秘。

"就这么去啊!牵着你的手。"诗诗晃着他的胳膊。

"傻瓜!"黎安突然把她横抱在手里,"这样去不是更好吗?"

楚诗诗感觉他的动作完全出乎她的意料,当然,她很喜欢。可能就是因为喜欢,她的笑脸才变得更加羞涩起来。黎安抱着她在兰花丛中的小路上慢悠悠地走着,脸像一块红润的云霞。黎安觉得她是全世界最美好的女人。走了一段路后,黎安抱着她在原地转起圈来,诗诗被这一突发的动作给刺激了,开心地笑了起来,声音很甜美,好像鸟儿唱着动人的歌。她搂着他的脖子,看着周围的兰花,笑得很灿烂。

"放下我吧!"诗诗微笑着说,声音很轻很轻,她能够感应到黎安有些累了。

黎安听了她的话,没有再转圈,轻轻把她放下来。

"呀！"楚诗诗转得有些头晕，但快乐一直写在脸上。她用手轻轻按着自己的太阳穴。

"头有点晕吧？"黎安把她的手拂下来，很认真地轻揉着她的太阳穴。

楚诗诗一直安安静静地看着他，脸上有一丝淡淡的笑意——这就是幸福吧！

黎安还在帮她按摩，诗诗却好似已经等不及。她轻轻踮起脚尖，闭上眼睛吻了眼前这个英俊的男人。

黎安的手停住了，他为诗诗的主动感到惊讶，这女孩可绝对不是一个主动的人。他并没有放下他的手，反而捧着她的头和她热烈地吻起来，很久很久。

他们在庄园里玩了一天，时而奔跑，时而静静地采摘鲜花，时而嬉戏，空气里飘着浪漫的气息。这片花海实在太美了，美得惊艳，美得深沉，美得让人羡慕，美得让人陶醉。

黎安和她在外面吃了晚餐后，把她安全地送到家。

"爸妈不在家。"楚诗诗一进门就有这样的感觉。不一会儿，家里的电话响了，诗诗要黎安随便坐，自己去接电话。

"今天不回家吗？"楚诗诗充满神采的眼睛里竟飘过一丝惊喜。

黎安一直看着她打电话，直到她兴奋地把电话放下。

"他们不回来了，在姑姑家里过夜！"楚诗诗跑过来坐在他的怀里。她很兴奋，快乐得像一个孩子得到了奶油味的冰淇淋，却不乏妩媚与柔情。

"我猜到了。"黎安为她整理乱乱的头发，"那我今天回去吗？"

"还用说吗？不要回去，陪我，有时候我一个人有些害怕的。"楚诗诗似乎学会撒娇了，连她自己都吃了一惊。自从她成年之后，就很少撒娇了。

黎安答应了她。那时，他还没有见过楚诗诗睡觉的样子，她看起来总是精神抖擞，好像从来都不会犯困一样。

他睡在她父母的房间，她依然在自己的房间。可能是夜还没有完全黑，抑或各有心事，两人躺在床上都没有入睡。她决定要找他说说话，于是起来走着，可到了房门口，又没有勇气开门。她不知道他睡觉的时候是什么样子，或许身上一丝不挂也未可知。想到这儿，她决定还是回去。然而，就在她快要转身的时刻，房门却突然打开了。黎安的表情很诧异，但只停顿了一秒，便被激动和兴奋席卷，他像一道强烈的光迅速跑到她身边把她抱起来放在床上，然后开始亲吻她。

诗诗也很激动，任他在床上吻着她的脸。当黎安有些冲动想要脱去她的白色公主裙时，她的头脑似乎清醒过来。

"不要这样，安！"她的语气有点坚硬。

听到这句话，黎安愣在那里。他以为彼此的感情可以支撑他们做些成年人该做的事情了，毕竟已经认识四年了。不过，他马上意识到

一个问题,楚诗诗似乎是个观念较为保守传统的女孩,或许骨子里就没有开放的血液。

　　黎安微笑着把她放开。诗诗感觉有点尴尬,又有些愧疚,可是她无法再进一步——他还不是她的丈夫。

　　"今天晚上我可以抱着你睡吗?"黎安依然微笑着看着她的眼睛说,"就这样抱着。"

　　这个,对他来说是奢望吗?怎么会用这样的语气?或许对楚诗诗这种含蓄的女孩,这已经是很大的奢望了。

　　"好的。"她并没有拒绝,害怕会伤害这个她深爱的男人。实际上,她已经伤害了,就在刚才,可黎安尊重她的意志,当即选择了谅解。

　　就这样,黎安像搂抱枕一样把她抱在胸前,整整一夜。

美好的画面总是容易破碎，身边的女孩已经不在了，她在隔壁房间，还身患抑郁症。她永远也见不到他了，当她美丽的眼睛再次张开时，他就永远消失了。

黎安眼角的泪水，悄悄滑落在浅蓝色的床单上。他没有转身，依然是老样子，但身体似乎在颤抖。他的眼睛定格在那张全家福上，楚诗诗的微笑很温暖。

"也不知道她爸爸妈妈去哪里了。"黎安突然起身注意到这个问题，"应该是去别的地方了吧！"如果是死去了，应该也已经复活，并且回来了。

黎安没有再流泪，他看了看左手上的银色手表，已经是中午了。突然间，他发现楚诗诗的药还在自己手里。他长长地叹了口气，虽然他以前并非悲观之人。

他走出房间，打算再看一眼楚诗诗就回去了。他把药放在床边，无意间看见床边还有一本和床单颜色相似的精致日记本。他小心翼翼地拿起日记本，可他却有些害怕翻开它。明明自己已经死去了一次，应该没有再害怕的东西了。他深刻地发现世界上最可怕的并非死亡。

日记本沉甸甸的，他不知道该如何处理。他记得造物主说过，不能做任何让活着之人能够确定自己曾经复活过的事情。他现在翻翻然后放回去应该是没事的，就像那瓶药一样，在时间重新流动之前还回去就好了。

　　黎安把日记本带走了。

　　"我以后会常常来的,诗诗。"黎安轻轻关上了坟墓最外面的门。

3

他走到自己的车前,把日记本放在方向盘的前面,然后发动汽车。他的动作越来越娴熟,很有赛车手的风范。他并没有回家,而是去了游乐场,并非去玩,只是想起楚诗诗最喜欢吃游乐场里的光明酸粉。

他把车停在餐厅外面,突然意识到一个问题,以前在这里工作的人不是都变成活死人了吗?虽有些失望,但他还是打开了门。

令人惊愕的一面出现了——海运一家在酸粉店里忙活着!看到邻居黎安,他们非常高兴,遂停下了手中的活。

"嗨!黎安。"灵水微笑着跟他打招呼。

"你一定觉得很诧异吧?我们竟然在这里。"海运也微笑着说,"我们跟你一样,都是来吃酸粉的,没想到里面没有人,恐怕都变成活死人了吧!"海运和妻子坐在旁边的椅子上。

黎安没有说话,变得沉默起来。他没有那么惊愕,慢慢走到他们身边,坐在另一张椅子上。

"这是楚诗诗最喜欢的酸粉店,所以我来了。"黎安终于笑出了声音。

"你是来寻找有关她的气息的吧?"灵水似乎很善解人意,估计已经猜出楚诗诗是谁了,"那我做酸粉去。"

灵水起身便走。她看见女儿倩倩在角落里认真并开心地逗一只鹦鹉玩,鹦鹉一直不停地叫着"小狗蛋",逗得倩倩哈哈大笑。

灵水慈爱地笑了一下,走进厨房里。

"你们一家很幸福啊!"黎安虽不羡慕,却由衷地发出一声感慨。

"其实,这只是我们对倩倩的弥补而已。"海运看着倩倩认真地说。这让黎安多少有点错愕,但又觉得是意料之中的事。

"我和灵水以前并不相爱,直到一家人突然发生车祸的一瞬间也并不相爱。"海运回过头来,但没有看黎安,"我们有的只是友谊和亲情,即便如此,我们还是常常吵架,摔东西,完全不顾倩倩在房间里哭泣。我们不是好父母,对不对?"海运平静地看着黎安。

黎安只是微笑,不予置评。

"现在上天让我们又活了一次,我们的记忆依然存在,但倩倩在那场车祸中被撞了头,丧失了所有的记忆,她一复活就问我们她是谁。我看见她就想起过往那些伤害过她的日子,我抱着她,告诉她,她叫倩倩,是一个天使。小家伙什么都不懂,只是快乐地

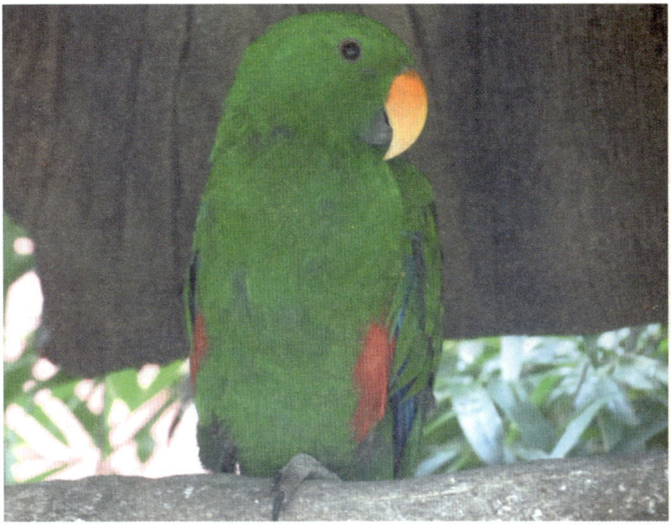

笑着。"

黎安仍只有微笑。

"我和灵水决定给她一个崭新的回忆,虽然她知道自己只有十天的生命,但似乎一点都不怕,或许孩子不喜欢多想吧!"海运看着前面的空气叹了口气。

"那你怕吗?"黎安终于不再沉默,但也没有再微笑,表情极其认真。

"怕!"海运看着黎安如实道,"我怕没有更多时间去爱她们母女。"

"做好当下的事情就好了。上天给了我们十天,已经是很幸运的事情了,我们还是有机会弥补的。"黎安拍着海运的肩膀道,"我知道你一定会这么想。"

海运笑着回应,转过头看了看倩倩,发现她已经小跑过来,还带着小鹦鹉。她似乎是因为看到黎安才跑过来的。

"叔叔来啦?"倩倩钻到黎安怀里,似乎很喜欢他的样子,"叔叔,小鹦鹉为什么一直叫着'小狗蛋'?"

"可能它的主人叫小狗蛋吧!"黎安把她抱了起来,"今天爸爸妈妈带你来这个游乐场玩了一上午吧?"

"是呢!"倩倩跳下来跑进爸爸怀里道,"爸爸妈妈带我坐了摩天轮,还有旋转木马。他们是这样叫它们的。然后,我还发现了这只叫着'小狗蛋'的鹦鹉。"

飞到倩倩头上的小鹦鹉非常识趣地叫了一声:"小狗蛋!"

黎安突然笑出声音来——这个小女孩,有时候真像楚诗诗。

"来啦!吃饭啦!"灵水端着五颜六色的菜从厨房出来。两个男人起身接着把剩下的菜也端了出来。黎安望着手上的酸粉入神。灵水看到了,走过去提醒他:"该吃饭了。"

四个人围着一张矩形桌子坐着。

"这个虾也不错。"黎安吃着一只鲜红色的大虾,回忆起楚诗诗,除了酸粉,虾是她最喜欢吃的菜。他甚至觉得自己的动作都和她一模一样,似乎在替她享用美味。

"我觉得你吃饭的样子和平常不一样。"灵水微笑着说,"好像你变成了另一个人。"

黎安有点惊,觉得她真是观察细致入微。

"楚诗诗也喜欢吃这个。"黎安说。

"是吗?宝贝,你也吃一个。"海运给女儿也夹了一只虾。

"好啊!好啊!"倩倩拍着自己的小手,脸一下子红了。

灵水微笑看着他们三个。这顿饭吃得太美好了。

"对了!造物主不是说不能做任何让以后活着之人肯定我们曾经复活过的事吗?这个饭菜怎么处理?"黎安有些莫名其妙。

"其实我们不处理,那些人也不会想到有人复活,或许他们会想,是来了小偷,但我们不会这么做的,我们把一切都弄成没有来过的样子就好。"海运微笑着解释。

"这样也不错。"黎安点头道。

餐厅里,回荡着愉快的笑声。不过,那只小鹦鹉不知道飞到哪里去了。

吃完饭后,黎安跟海运一家道别,觉得自己还有很多事情没有做。

他上了车,却看着手边的日记本发呆。这让目送他上车的海运夫妇诧异不已,但细心的夫妇俩知道,他一定有很多心事。

黎安还是很快把车开走了。回到自己家,他拿着那本日记本忐忑不安,不知道里面到底写了些什么,他的内心实在太沉重了。坐在窗边,只要侧目,满地的黄色小野花就映入眼帘。

他小心翼翼地翻着日记本。

第一页是空白,他翻开第二页,清秀的字迹再熟悉不过,字里行间映出了楚诗诗的欢颜。

亲爱的安,自从你去了天国,我每天都在想一件事情:会不会有那么一天,你会突然出现在我的眼前?我把这件事情告诉妈妈,她却伤心极了,她以为我得了精神病。可我哪有什么病呢?我只是太想你而已。

重生　035

楚诗诗的每一个字都让黎安感到刻骨铭心的痛楚。他觉得那不是字,而是她在现实中与他倾诉。

我今天到那个铺满紫罗兰的庄园游玩,庄园主人看见我,向我打招呼,问我怎么是一个人。我竟然骂了他:"你才是一个人呢!安就在我的身边,没看见吗?"他竟然也像妈妈一样认为我是神经病。其实我真的没有病,只是感到了你的气息,觉得你在我身边而已。你说那个人该不该骂呢?我的灵魂和肉体都是要和你合在一起的,无论我在哪里,无论我做什么。可是他竟然说我是一个人!一个人多么孤单啊!那么悲凉而落寞的事情是永远不会发生在我身上的,对不对?安,你是不是睡着了?你怎么不跟我讲话呢?

黎安的眼眶渐渐红了。他不想看下去,手却终究无法控制。

安,昨天晚上我梦见你了,你在跟我说话,说你要从天国带礼物给我,说你回来后还要走,不过你答应我要带我一起走。我想说的是,安,你不用花时间买礼物了,你快点回来带我走,好不好?我已经等不及了!下午,我终于劝服父母跟我去爬山。我爬得很快,远远地把他们甩在后头。我来到山顶,俯看着这个美丽的世界,然后仰望蓝蓝的天空。有那么一瞬间,我仿佛见到你,你的模样在我脑海里越来越清晰,我是多么高兴啊!再一个瞬间,你英俊的模样又消散了!天空依然那么蓝,却不再美好!我回过头来一看,原来是我父母在拉扯着我的衣服阻止我去跟你见面!妈妈哭得不像样,她是一个很注意形象的女人,却因为我而像一个乞丐般在我面前哭泣。那个时候,我的心都碎了!对不起!我没有勇气再次跟你见面。为了父母,我只能选择当一个没有爱的傀儡,像生了很严重的病般生活在这个世界上。安,请你原谅我的自私,我真的没有办法跟你一起走。请你不要怪我,我知道你时时刻刻都在我的身边。有时,我会夜晚醒来,感觉你在我床边安静地坐着,用你那双温柔的大手帮我盖着软软的被子;可当我伸手去摸你脸的时候,你又突然间消失了!我好害怕,我害怕失去你的那一瞬间。为什么你突然离我而去了呢?安,对不起,是我害了你。如果我不任性,硬要去学游泳,也不会发生那样让人心碎的事情了。安,活着有时候竟然比死还痛苦,可周围所有人却宁愿让我痛苦,你说他们是不是思维不正常啊?我想要得到灵魂的解脱,这样才可以见到你,才可以让你好好惩罚我的任性,可他们竟然说,如果我真的爱你,就要好好活着。我突然明白,备受煎熬地活着,对我来说确实是比死还要严重的惩罚。安,我接受惩罚了,我会好好活着,你会回来原谅我吗?

黎安的眼泪湿了一页又一页。他回忆起那个初秋，太阳依然火热，从来没有游过泳的楚诗诗竟出乎意料地缠着他去黎安港的海边学游泳，尽管他有点犹豫，终究还是答应了。

他们来到美丽的海边，海浪很小，这让黎安暗暗舒了一口气。

他们穿好泳衣，黎安开始手把手地教她。诗诗学得非常认真，很快就会了。

"看，我是不是很聪明啊？"楚诗诗异常兴奋地在他面前游弋着。

"是呢！今天确实有点认真呢！"游在她旁边的黎安其实是想说，她今天很认真。

"因为我想早点和你鸳鸯戏水啊！"楚诗诗笑着游到他前面。

原来是这样啊！他站在水里愣了一会儿。当他看向诗诗的时候，她已经游到很深的海域，或许她以为黎安一直在她后面吧。

"诗诗！赶快回来！"黎安看着前面一浪高过一浪的海水，有些担心起来。

"我没事的！"楚诗诗回过头来微笑着对黎安喊着。

可她刚刚说完这句话，一个海浪就把她淹没了。

重 生 041

"诗诗！"黎安吓傻了眼，赶紧拿了附近的救生圈扔过去，然后像一头鲸鱼一样在海里猛扎。他没有看见楚诗诗。

"诗诗，你在哪里？"黎安游到她被水淹没的地方，却不见她的踪影。他在水中疯狂游着，在水里拼命找着，令他担心的事情似乎真的发生了。

他不知游了多远，开始感到无力，呼吸也变得困难。他赶紧露出水面，放眼望去，却发现楚诗诗在海岸处套着救生圈四处张望，像一只没有安全感而惊慌失措的兔子。他不禁惊喜——她安全了！他想快点游到她身边，可他离她太远了。他使劲游着，突然感觉双脚有一阵麻麻的感觉——不好！抽筋了！在这关键时刻居然抽筋了。他慌乱地在海面上挣扎，他现在还不能死去。可他已经没有力气游泳了，楚诗诗眼看着他沉了下去。

"安——"楚诗诗在原地撕心裂肺地叫喊着。这是黎安最后一次听到她的声音。

原来他是这样死的。

他的眼泪重重地砸在日记本上。他不怪诗诗，也不怪自己，他怪命运，为什么捉弄这对让人无比羡慕的恋人？

黎安没有再看下去，他的心已经被无尽的悲伤笼罩。他不知道该怎么办，以前的记忆还留在他的脑海中，但他就是不愿刻意去想起。

他拿着日记本来到窗前，看着满目小野花，流着泪的眼睛竟然笑了，仿佛看见诗诗在花丛中像蝴蝶般翩翩起舞。突然，一辆跑车出现在他的面前，是海运一家回来了，带着满脸的笑容。下车时，他们也看到了黎安，倩倩对他挥挥手，黎安亦对她笑了笑。

他们进屋了。

世界好像只剩下黎安一个人。这是多么孤寂的感觉啊！

他感觉全身都好累，心里压了很多东西。他躺在床上，侧身继续看楚诗诗的日记。

安，今天爸爸妈妈带我去医院了，这让我非常苦恼。我明明没有得病，他们却要我吃那种黑黑的药丸。我觉得世界上除了你，没有一个人可以理解我。我跟他们说我没有病，只是想一个人待在房间里而已。可是他们就是不相信，连医生也不相信，还往我身上插各种管子。那个令人窒息的地方我真的是待不下去了，所以我使出全身的力气挣脱了他们！我跑回家，关好门，在这里继续跟你说话，这种感觉真好，好像又见到你一样。可是，你怎么一句话也不跟我说呢？

房间里静悄悄的，他们说我昏迷了很多天，只有我知道，其实我是去天国找你了，可造物主把你藏起来了，我找不到你！我带着失望回来了，难道我真的永远见不到你了吗？

楚诗诗说的每一件事，他都可以想象出画面，画面越清晰，他就越觉得痛苦，泪如雨下。

安，今天下午我看见爸爸妈妈笑了，是因为我看起来非常正常。我很平静地喊他们爸妈，乖乖地吃着早餐，还唱起了歌。他们以为我好了，不生病了，其实我是悲到尽头了。原来，真的没有人可以理解我的内心，我发生了这么大的变化，却没人觉得我不正常。其实，我从头到脚都没有病。亲爱的安，你相信我吗？中午的时候，我做了一个梦，梦见你死去的那天，梦见你在水中拼命游着……你为什么那么傻呢？我亲眼见你沉下去，而我却没有能力抓住你！安，为什么会有这种事情发生？对不起，安，都怪我不好，我不该游那么远，让你那么担心地游过来找我。我好后悔啊！可后悔有什么用呢？你已经去了天国！已经去了另外一个世界……

那天，我躺在床上看你的照片，突然接到爸爸的电话，他激动地说已经捞到了你的尸体，我是多么的激动啊！还能看见你英俊的容颜！可是，当我跑过去的时候，亲爱的安，我无法相信那个躺在我前面的人是你！你的容颜变了，被海水浸泡了那么多天，都快要腐烂了！我当即晕了过去。对不起，亲爱的安，我没有上前抱住你的身体。都是我害了你，在你死后，还对你这么无情……安，如果你在天堂看见我这样对你，会原谅我吗？事情似乎过了很久，可我依然无法忘记这件事。亲爱的安，我并非想要忘记你，我实在是无法接受你已经死去的残酷事实。我承认，你最爱的诗诗并非一个坚强的人。

你还记得你送我的那本书吗？你死后，我总是看着那本笑话书。我常常看得大笑，父母觉得我疯疯癫癫，他们却无可奈何。我也没有办法,我就是很想念你,想珍惜所有沾有你气息的东西。他们不知道,我在他们面前大笑,当他们离开时,我却一个人默默地哭泣。我没有病,真的没有病,我只是太想你而已。那本笑话书我一直没看完过,你死后我也没有继续看,害怕看完了,就永远笑不出来了。我就那样把它搁在书房里,它是我永远不想重新打开的美好记忆。安,你在哪里?安,你回来吧!我们一起看笑话书好不好?好不好?

  黎安翻着日记本,默默流着眼泪。原来这么多年,她都是过着这样冷清而悲痛的生活。他最爱的楚诗诗怎么可以这样折磨自己?看完所有日记,他的心里只留下苦涩。他亦觉自责,为什么自己会给她带来那么多痛苦?死的人解脱了,活的人却在默默忍受。他的心被撕扯凌迟,眼泪一直流着,流着……

  他睡了。

  他太累了。

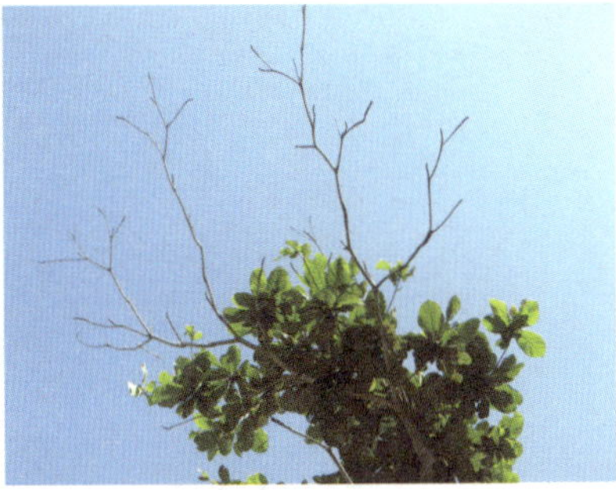

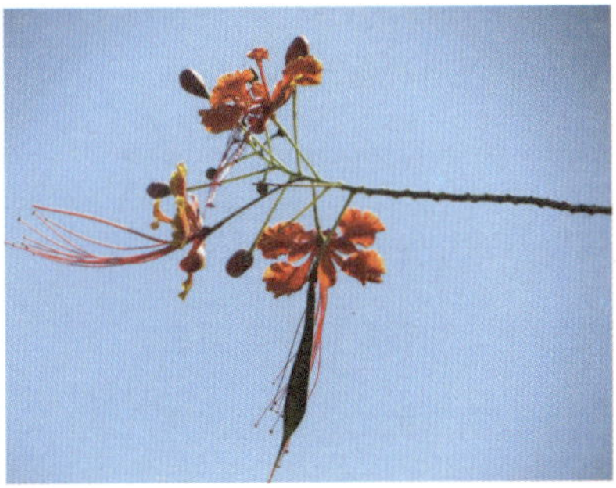

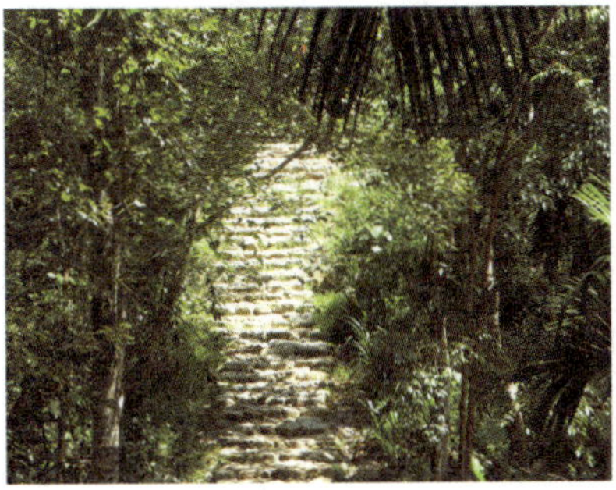

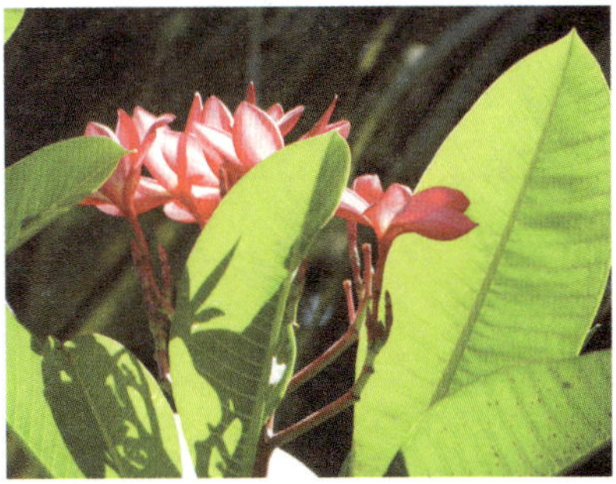

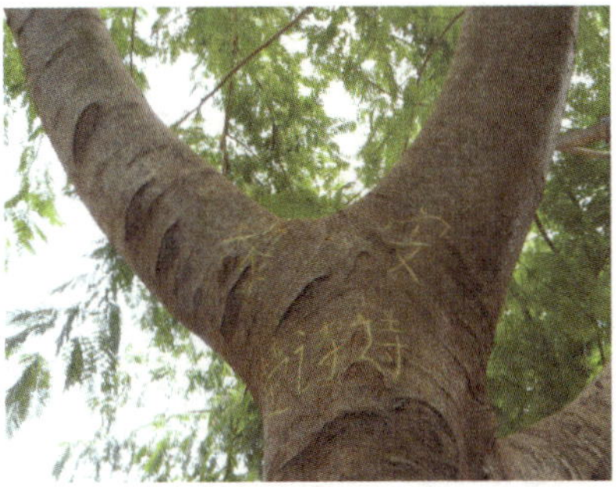

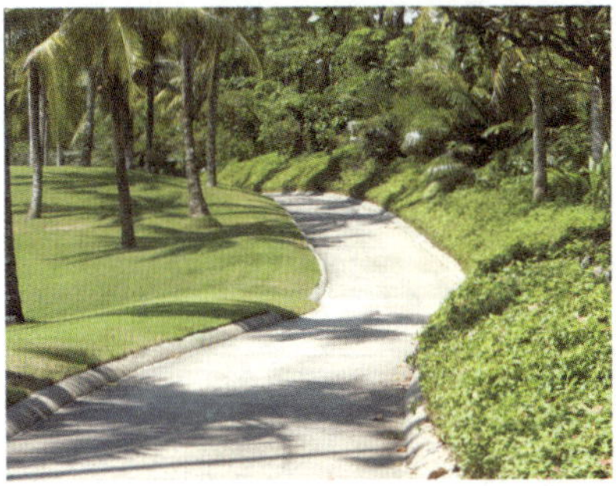

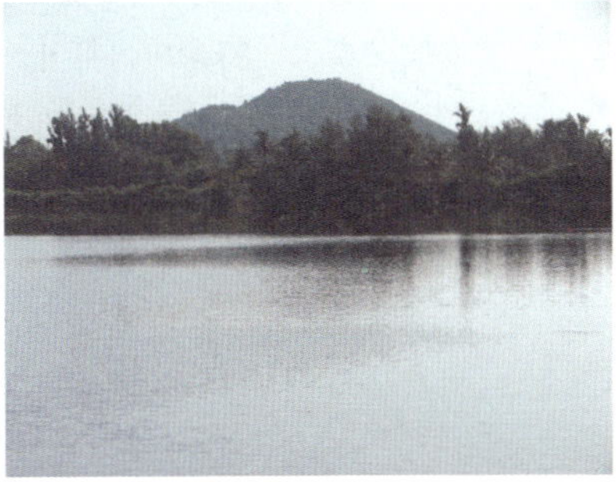

4

黎安睡了很久，把日记本当作抱枕，把抱枕当作楚诗诗。他的泪水已被风干，眉头却紧锁，依旧承受着无尽的痛苦。他突然很感激造物主，可以让楚诗诗的痛苦停止十天，可以让自己有机会为她做点事情。他决定帮助心上人从悲伤中走出来，可是，他要怎么做呢？

他一连睡了两天，做了很多梦，梦见和楚诗诗又去公园骑自行车。他载着她绕过很多幽静的羊肠小路，在湖边停下，坐在石椅上看湖水上泛起的一丝丝细小涟漪。他梦见他们在大学校园里散步，寻找在学校时为对方刻下名字的那棵树。他的梦似乎都有关她，而有关她的梦，总带有一种浪漫的感觉。细细碎碎美好的梦，让他不愿醒来，然而，他知道自己必须要好好面对。

清晨，通常都很美好，太阳没有出来，风轻云淡，薄薄的雾气渐渐弥散开来。黎安早已清醒，他看着手表，已经过去三天。他把日记本放在桌上，将窗户再打开一点，想要呼吸更多的新鲜空气。有那么一瞬间，他开始留恋起这个世界来。然而现实总是那么残酷，命运总是先给他一些，后又设法拿走他的全部。

他的肚子有点饿，打开冰箱，里面塞满了食物。

"造物主总是想得很周到。"黎安总算露出些欣慰的微笑。

他拿出牛奶和夹着巧克力的面包，坐在桌旁吃了起来。突然，有敲门声，他放下面包和牛奶去开门，灵水微笑的面孔浮现在他的眼前。

"早上好，黎先生。"灵水微笑着和他打招呼。

"哦，是海夫人。"黎安有点高兴，为有人打破了他的孤单，"您有什么事情？"

"是这样的，今天是我女儿八岁的生日，我希望你可以参加她的生日派对。"

"聚会吗？好的。现在吗？"黎安欣然答应。

"如果现在去，那是最棒的啦！谢谢你。"

"您客气了。"黎安把门关上，跟着灵水走着。

灵水带他来到聚会场所，他看见一大片绿得发亮的草坪，周围有一些好看却叫不上名字的紫色小花，在几棵郁郁葱翠的大树下显得愈加鲜艳迷人。大树上挂着一些五颜六色的气球，有几个还在空中随风飘飞着。

不知道哪里传来的钢琴曲飘在空中，一些人在草坪上跳着优雅的华尔兹。这俨然是一个很棒的生日聚会，黎安感觉心情舒畅起来。

突然，音乐停止了，舞动的人也停下来。黎安不知道身边的灵水

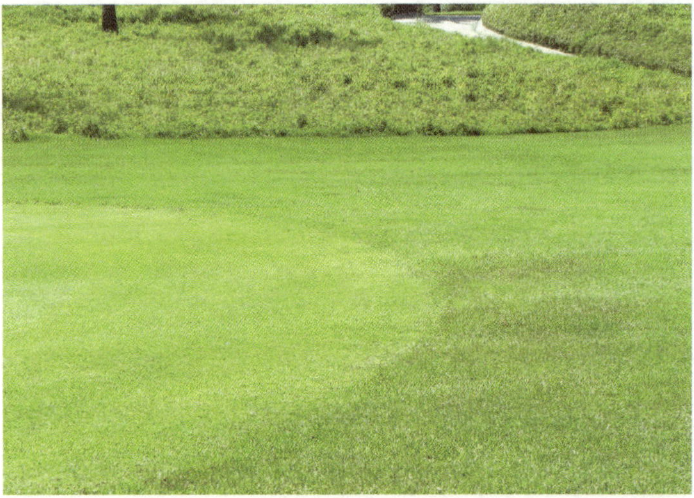

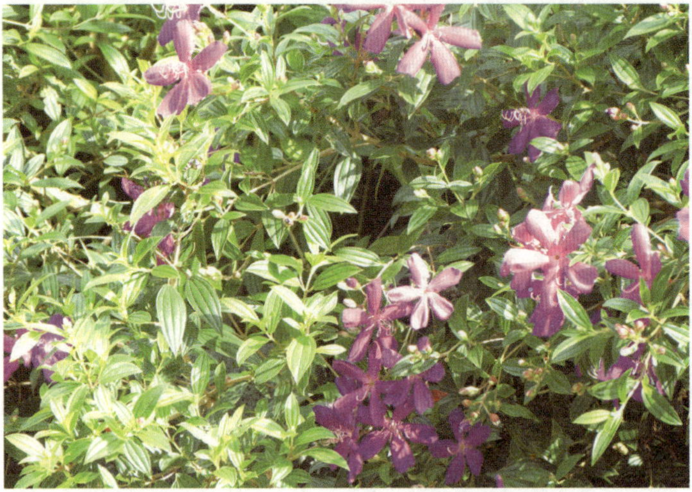

到哪里去了,但他不用困惑,一秒钟后,他看见灵水和丈夫带着身着白色公主裙的倩倩从人群中走出来。

"今天,是我女儿倩倩八岁的生日,很感谢大家参加她的生日派对。"灵水的声音很温柔,"倩倩有话跟大家说。"

所有人都望着这个讨人喜欢的小女孩。

"爸爸妈妈说,我是天上的一颗星星,很耀眼。我问他们,那我现在为什么在地上呢?他们说,因为我是流星,划落下来,代表我会实现每一个人的美好愿望。"倩倩微笑道,神色像极了人间天使,"我没有记忆,对以前的事情完全没有印象,而且我知道我只能活十天,但是爸爸妈妈说会一直陪着我。这几天,我觉得很快乐,很快乐。爸爸妈妈从来没有离开我半步,我觉得我是全天下最幸福的孩子。我在这里感谢我的爸爸妈妈,也谢谢各位叔叔阿姨在这里参加我的生日聚会。"

黎安和人群一起拍着手,他突然明白了一件事,快乐是如此重要。这么简单的道理,他竟然是从一个小孩子身上学到的。他的生命只剩下不足七天,应该每天都要快快乐乐的。楚诗诗应也不想看到他难过的样子。他得乐观起来,并且要让诗诗不再为自己的死而感觉到抑郁。

聚会结束时,他已经想好一个让楚诗诗快乐起来的办法,尽管成功概率不大。他决定写一封长长的信给她。他不会写那些让她知道他曾回来过的内容,至于把信放在哪里——就放在那本笑话书后面吧,她不是说过,还未曾看到后面吗?他不知道楚诗诗什么时候会看那本笑话书,但他懂得,她是如此重视它,好像已经把它看成了他。他相信,她会再次翻看那本染有他气息的书。

5

他在房间里计划好一切,却突然发现自己复活的几天里,还未曾看过自己的父母。他相信他们尚在人间,如果他们都去世了,那么现在应该复活在自己身边。他要好好看看年迈的父母,然后,把剩下的时间全部交给诗诗。

他开着车快速穿梭在宽敞的马路上,路上并没有多少车和人,或许大家都很珍惜这来之不易的十天生命,时时刻刻都很充实地活着吧。他的车很快停在公园边的一个大坟墓前,虽说回来之前已经做好心理准备,但看到一栋别墅变成坟墓,黎安多少还是有点震惊。有那么一瞬间,他甚至以为自己走错了地方。

暮色已降,他下了车,静静地来到坟墓门前。门是浅黄色的,月光的照耀下,坟墓的轮廓清晰可见。他想要开门,可他毕竟是人,而非无所不能的神,对于夜晚的坟墓还是有点胆战心惊,虽然这里以前是他的家,可现在他确实有种走进死亡地带之感。可他终究还是轻轻打开了门,毕竟,亲爱的父母就在里面呢!

室内并无坟墓的感觉，但一片漆黑，他打开客厅里的灯，房内霎时亮得刺眼。这里的布置变得有点陌生，但墙壁上的照片还是让他一股热流涌上心头。他终于觉得自己回家了，无论变成什么样，这里都是他最爱的家。他看着墙壁上和父母的合影，倍感亲切。死的时候，他没有任何感觉，好像突然消失了一样，按理他应该觉得好像只有三天没看见那张照片，可他却真真切切感到已经很久没有看了，这真是有点奇怪。他定睛看了一眼后，踱步来到父母的房间门前，深吸一口气，轻松打开房门进去。室内并不太黑暗，窗帘没有拉，皎洁的月光斜射进房间。父母果然躺在床上熟睡，连呼吸都那么清晰。他打开桌上的台灯，搬了张椅子坐在床边。他多想拉着他们的手，多想抚摸他们苍老的容颜啊，却不能触碰他们身体的任何地方。

黎安并不痛苦，他已经满足了。父母这些年来，真真切切老了，白发丛生。无法尽孝，让黎安感到前所未有的无奈和愧疚，甚至还有深深的自责。不过，看着父母安详的样子，还是感到些许欣慰，毕竟他们看起来还算是健康，但不知他们失去儿子后，是怎样度过那些悲哀日子的。

黎安坐了很久，也看了很久，然后感觉有点困了。

"今晚睡家里吧！"他对自己说。

他看了一眼父母，起身关掉台灯，走出房间。

他很自然地打开自己的房门，在月光的照耀下，看到自己的床并非

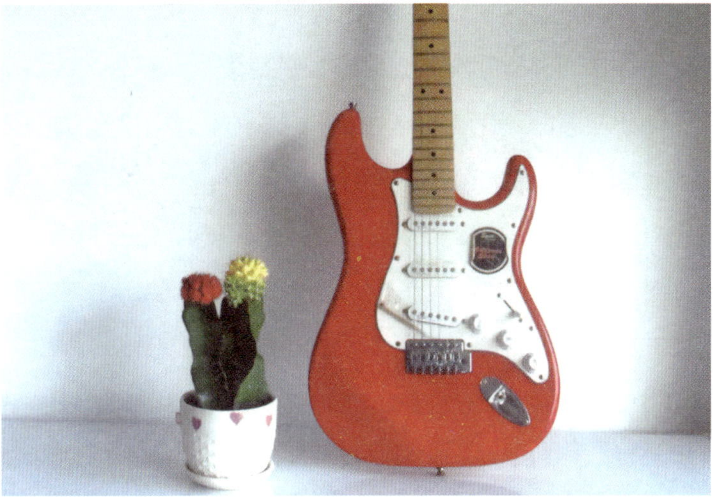

空的,看样子是躺了两个人。他把门关好后,打开门旁的按钮,天花板上的灯亮了起来。他慢慢走近床边,似乎并不意外躺在床上的人是谁。

"果然是他们!"

是楚诗诗年迈的父母。

黎安静静地看着眼前两位老人,感觉他们的容貌发生了很大的变化。他们失去了未来的女婿,女儿很痛苦,得了抑郁症,想为此必操了很多心吧,也难怪他们比自己的父母老得更快。

"唉!"黎安没有再看他们。他们出现在家里,或许是为了和他父母商量楚诗诗的病情吧。

"什么都没有变。"黎安的眼睛环视了一下房间。想来,父母一定是很怀念自己,每每踏入这个房间,他们都会有种熟悉感扑面而来,好像儿子从未远离他们一样,为此才让他的房间一直保持原样的吧!

书桌上,小时候父母送他的玩具摩托车寂寞地站在那里。黎安拿起它好好看了一下,又放回原地。不一会儿,他被书桌上方墙壁上挂着的风铃吸引。他想起那是楚诗诗在他二十四岁生日时送他的礼物。风铃是她亲手做的,用绿色的小竹子做成,最醒目的地方是每根竹子上面都粘有他们亲密的小照片。他轻轻摸着,并没有把它拿下来。接着,他的目光定格在墙壁另一处挂着的红色电吉他。他的脑海里立马出现了朋友许德俊朗的面容。这把吉他原本是许德的,但他去了英国读大学,就把吉他送给黎安,权当留个念想。

黎安在本地读大学，大一大二这两年的生活似乎有点无聊，他时常抱着吉他在校园一角弹着，有时竟也有同学远远围着他，聆听他的琴声。大三的时候，学校有一个艺术节，黎安和几个朋友在舞台上合奏了一曲。当时楚诗诗读大一，在台下看到黎安的飒爽英姿，从此迷上了他。现在想来，和诗诗相爱，也真亏了这把吉他。而远在英国的许德，也不知道他过得好不好，应该得到自己死去的消息了吧?

慢慢转过身，黎安看到另一面墙壁上全部都是照片。楚、黎两家人的一张大合影很醒目地挂在墙壁中间，背景是一望无际的大草原，还有纯洁而充满灵气的蓝蓝天空。他记得那是两家人一起去新疆哈纳斯旅游的时候拍的。他回忆起那里纯洁的云、湛蓝的天空，老鹰在空中自由飞翔，还有无边无际、勃勃生机的草原、像大块棉花一样的羊群、从山上慢慢流淌下来的清澈溪水。两家人穿着维吾尔族的服装，跟当地人一起快乐地载歌载舞，和那些高高壮壮的男人、健壮淳朴的女人围成一个大大的人圈，兴奋地看着圈里人认真而激烈地摔跤。黎安看着旁边随着比赛进展而激动尖叫的楚诗诗，一种幸福感油然而生。黎安记得他们从哈纳斯回来后，诗诗在松树林里幸福地接受了他的求婚。如果不是那次游泳的意外……

"唉!"黎安望着照片里的楚诗诗微笑着叹了一口气。他再度看了楚家父母一眼，随后走出了这个让他无比留恋的房间。

他再次回到父母的房间。他即将离去，要最后看一眼父母。

他不知该怎么向二老告别，亦很想和他们再说些什么，可终究没有开口说话，一切尽在他的眼波流动中。

他无限眷恋地看了父母一眼，带着强烈的不舍，到底还是走了。

这是他最后一次见到亲爱的父母，剩下的时间，他想留给诗诗，并为她写一封长长的有九分把握让她重新快乐起来的信，权当写给她的最后一封情书。

黑夜里，车子在路上飞驰，路灯一直照着车身和司机。黎安全神贯注地驾驶，偶尔还会有点分心。他看到不少娱乐场所彻夜亮着灯，很多年轻人在里面疯狂而热烈地玩闹嬉笑。或许，他们生前没有机会如此释放吧，也或许，有些人死了很多年，没见过这些新潮的东西，一下子好奇得很。

对于能够重新活十天的人来说，他们到底会怎么度过呢？有些人完成自己生前的遗愿，有些人认真享受生活，有些人或许还会谈一场短暂的恋爱，有些人也许很悲观，觉得十天过后也一样要死，那么活着还有什么意思？而黎安呢？这十天对他来说并没有什么坏处，可以再见到自己最想见到的人，虽不会有什么结果，但他会试着往好处想。在剩下的时间里，他要为诗诗做一些力所能及的事情，这样也就够了。

黎安不再用余光扫视那些享乐的人，而是把目光定格在路的前方，即使并没多少车流，他仍保持警惕，他还要写一封长长的情书，需要一个健康的身体。

车跑得很快,刚好经过海运家。海运家还亮着灯,从屋内传来欢快的钢琴声。他不由停下车,微笑着捕捉那欢快的音符。

海运一家似乎永远都是快乐的,这种发自内心的快乐渐渐影响了黎安。黎安不知自己是太傻抑或太聪明,海运一家把快乐传递给他,他觉得也可以将这种刻骨铭心的快乐传递给楚诗诗。

欢快的音乐一直在空气中飘着。风渐渐大了,黎安感觉有点冷,但他没有做任何动作,很专注地听着,似乎对这种凉飕飕的风毫不在意。当琴声化为海运一家人幸福的欢笑时,黎安才开动车子回到自己的房前。

下车后,他照旧把车门关好,趁着夜色开门进屋。

海运一家看到黎安房间里的灯亮了,很是高兴。

"爸爸妈妈,我们以后每天弹钢琴给安叔叔听,好不好?"倩倩一脸的快乐。

"好。"海运和灵水因为拥有这个善良而美好的天使而深感幸福。

倩倩更加快乐了。

黎安进屋后开灯,脱掉灰色的外套,来到桌前给自己冲了一杯咖啡。他喝了一口咖啡,见窗帘没有拉上,便走过去。他并未马上拉好窗帘,而是看了一眼上弦的清月。风把浅浅的云吹到月亮周围,还是掩饰不住月色的空虚和寂寞。天空岑寂而深邃,没有一颗星星。黎安凝望了片刻,终于还是拉上了窗帘。

6

　　黎安走到桌前把杯子放好,然后安静地坐下。他看着楚诗诗的日记本发呆。一会儿,他像是从另一个世界飞来般清醒过来,拿起一支笔和几张纸打算书写,却不知该写些什么。其实,他是个很有文采的小伙子,只是没有挖掘自己的才能,碰巧又词穷了。

　　他在白纸上写上"楚诗诗"三字,又觉得带上姓氏显得有些生分。他急躁地把纸张揉成一团,扔进垃圾桶,又抽出一张白纸。这次,他写上"诗诗"二字,觉得满意多了,轻笑一下。这个楚诗诗,似乎可以牵动他的每一根神经,或许,这就是所谓的"为爱痴狂"。

　　他静静地写着,没有人知道他在写什么,他却可以感受到自己的嘴角始终挂着笑容。这一夜,他并没有写多少,或许每一个字、每一句话,他都需要认真思考一番。他记得这是第一次给她写信,当然,也是最后一次。

　　第二天早晨,在秋天的风里,在落叶的舞动中,在阳光的沐浴下,在游乐场清澈的湖边,他拿着笔和信纸洋洋洒洒地写着,完全无视那些从他身边莫名走过的人。或许，那些人觉得他在浪掷生命，殊不知，他已经把生命交给了心爱的女人。

时间悄然流逝，他保持着书写的姿态，但已换了场景。此时，他坐在曾经和楚诗诗约会的庄园花海里，清幽的香气氤氲在他四周。他深深吸了一口气，仿佛闻到了诗诗的气息。他在充满诗诗的回忆里穿梭着，尽量在那些和她共处过的地方留下自己的影子。他没法去北方的哈纳斯，山高水远，他没有足够的时间。他去了那片夺走自己生命的黎安港海岸，那里不只有悲伤的回忆。他吹着海风，把椅子搬到沙滩上，然后坐到沙滩上，看着前面时而温柔、时而汹涌的大海。他回忆着那些美好的日子，又展开信纸垫着椅子面奋笔疾书。日子一天天过去，他写信的场景则一直不断变化着。

海运一家似乎看穿了他的心事，默默地为他送去三餐。他们并未把饭送到黎安手里，而是在他出门后，送至他的房间，黎安一回来就可以吃到。他常会吃到楚诗诗最爱的光明酸粉和大龙虾，无须说，是海夫人做的。他时常朝着海运家报以微笑，以示自己由衷的谢意。他很少停笔，或许只有在睡觉的时候，才有机会得到片刻休息。看着时间慢慢流逝，他既焦急，又很期待。这是怎样一种心理呢？他越来越接近死亡，而诗诗越来越接近苏醒，并且可以看见他写给她的信。他觉得自己深感欣慰，即使偶尔有点伤感。

又是平常的清晨，黎安醒来后，习惯性地看了一眼手表。

"今天是第九天了。"黎安告诉自己,然后望向窗外,眼神很复杂,欣喜和悲伤相互冲撞着。

这几天,他尽量去了曾经和楚诗诗一起游玩过的地方,时常在回忆里穿梭,即使在梦里。楚诗诗,是他的心脏。他想让他的心脏一直快乐地跳动,而远离忧伤。他觉得,她已经到了崩溃的边缘,即使是淡淡的忧愁,恐怕也招架不住了。已经是倒数第二天了,他决定不再住这个新家,他要回到诗诗的身边,一直看着她,直到自己再度消亡。他并没有写完那封长信。他有点奇怪,每次写的时候自己都是微笑的,或许他写的全部都是快乐吧,以至于没有像见到诗诗的日记那样轻易落泪。

他未再多想,拿着日记本、信、笔再度上路。当车子驶过海运家时,他没有停下来,可驶过一段路之后,却在反光镜里看见海运一家正站在房子外面跟他挥手。他很激动,眼眶马上红了,眼泪差点流下来,但极力忍住了,继续开车。接着,他看见倩倩往前奔跑了几步,便再也忍不住,将车停下来,以最快的速度向这好心的一家人奔过来。这让倩倩异常惊喜,她大声喊着"黎安叔叔",海运搂着灵水的腰微笑地看着这一切。

"倩倩!"黎安实在太喜欢这个小家伙了,激动地把倩倩举起,倩倩在空中欢快地笑着。黎安抱着她转了几圈,才把她放回海运和灵水的面前。

"呃,我想……"黎安有些尴尬,洞悉一切的灵水上前给了他一个拥抱，这让他惊讶不已。他知道，灵水一直像姐姐一样照顾着他。

"不要说再见，一切都很好。"灵水放开他，对他微笑。

黎安百感交集，一切尽在不言中。

海运也上前紧紧拥抱了一下黎安，或许，只有死过的人，才知道这个拥抱意味着什么。

许久，松开拥抱，黎安弯腰刮了一下倩倩挺秀的鼻子，站起身来深深地看了三人一眼，终于转身朝沉默良久的汽车走去。

车开动了，反光镜里的三个身影越来越渺小，最终消失在视野里。

黎安的眼泪终于流了下来。将要成为死人的人，其实就算在地下，也没有见面的机会，死亡对黎安来说就是毫无知觉。短暂几日，海运一家着实带给黎安太多太多，如果有下辈子，恐怕也很难偿还。人与人相遇，靠缘分，而海运一家正好葬在黎安旁边，这缘分，着实珍贵。这次分别，恐怕以后再也没有见面的机会。眼角的一滴泪，包含了太多的感恩和无奈，令黎安自己都感觉过于悲凉。

海运一家人相互拥着回到家，灵水继续在钢琴边为父女弹着欢快的曲子，这十天，也让他们学会了太多太多。灵水看着英俊的丈夫和可爱的女儿，觉得很满足，虽然只有十天，但她毕竟好好活过了。既然造物主给了每个亡故之人十天的生命，那么，就无须抱怨光阴似箭，只要真心真意再在人世间走一遭就好。有十天的生命，就过十天快乐而充实的日子，哪怕只一天，也要过得幸福而充满意义。

把每个生物都当成有灵气的，或者说有灵魂的东西。或许，这就是孤寂的最高境界。

7

黎安的车已经停在那片棕绿色的松树林里。他走下车,将放在副驾驶座上的日记本、笔和没有写完的信揣在风衣里,然后在落叶飘零的林子里漫步。他把两只手伸进裤兜里,就这样在铺满彩蝶般的树叶上踏着。秋天真的来了,徐徐吹来阵阵裹挟着泥土清香的凉飕飕的风。他的风衣随风摆动着,树叶飘得更紧了。他什么都顾不上,就在林子里踏着。他时而看着空中一掠而过的燕子,想着它们都要飞去更加温暖的地方生活,或许每天都有充足的食物,可以带着亲爱的伙伴一起飞翔,一起唱歌,过着令世人羡慕的幸福生活;又时而低着头看着树叶盘旋的地面,想着它们一点也不孤单寂寞,每天单纯地活在自己的世界里,不会思考,也不会聆听,但它们会一起零落成泥碾作尘,最后连生命都结合在一起。他更多的是观察着每一棵沉默的松树,这些古树有着沧桑的面容,必定都经历过一些特殊的生活。每一棵树都有自己的故事,只是它们不会表达。或许,在树的世界里,它们有着共同的语言吧!黎安在这片树林里默默走着,把每一个生物都当成有灵气,或者说有灵魂的东西。或许,这就是孤寂的最高境界吧!他没有人可以倾诉,只能幻想周围的风景会懂他的心。他慢慢走着,不知不觉踱到一座熟悉的坟墓前。他打开门,走了进去,不留痕迹地。

内部光线十足。他来到楚诗诗的房间,台灯依然亮着,女佣的姿态一直都没变。楚诗诗静静地躺在床上,依然没有一丝表情。他走到床边坐下,从风衣里掏出日记本,物归原位。治愈抑郁症的药就在旁边,黎安一见到它就像被玫瑰刺痛了心脏般皱起了眉头。但他一想到自己给她写的长长的信,多少还是欣慰许多。

"但愿我写给你的信可以治愈你抑郁的心,那么,我也可以安心长眠于地下。"黎安微笑而又无可奈何地看着楚诗诗清秀的眉目。

她依旧没有任何动静,即使黎安知道会是这样,还是忍不住生出些失望。

重 生

唉！黎安望着她在心里叹息。

他不再坐在床边，而是起身把书桌旁的椅子搬到床边。他看了一眼神态无奈的女佣，在心里为她祈祷：你以后每天都会开心的。

他小心地坐在椅子上，从风衣里又拿出笔和信，接着写起来。看着熟睡的楚诗诗，黎安突然感觉无限伤感，为何她不能起来跟我说话呢？就这样植物人般躺在那里，不寂寞吗？唉！活死人哪有什么孤单与寂寞可言？他发现，其实楚诗诗比他更加可怜，死的人一了百了，活的人却要承受各种来自四面八方的痛苦与绝望。黎安的表情越来越复杂，看着纹丝不动的女人，他可以很轻易地回想起曾经和她在一起的幸福画面。想到和她在松树林里荡着木秋千，有时他会看着诗诗的微笑一边弹着许德送他的吉他，一边唱歌给她听；想到两人一起在他家里看着超大屏幕的电影，尽管是忧伤凄美的文艺爱情片，尽管最后她在他的怀里哭得像小孩子，回忆起来却如此美好；想到他们曾经去遥远的黑龙江看冰雕，她为他织了一条厚厚的围巾和一双毛茸茸的手套，并且亲手为他戴上，他第一次升起一种强烈的要和她结婚的念头。

黎安想了很多很多，那些唯美的画面不时穿梭在脑海里，越想越是感觉悲伤，因为真实的楚诗诗就在他的身边，而他们却不能相视，不能互诉衷肠，不能牵手拥抱，她甚至不能感到他的存在！黎安在信上匆匆写着，浪漫的回忆让他悲痛得热泪盈眶。回忆纵然美好，时过境迁，如今却物是人非。

黎安实在写不下去了，越是写着美好的字，心里越是忍不住悲伤。以前在新家他感觉到的是欣慰，而现在在楚诗诗面前，他才感觉到现实的残酷。已经过去很久的回忆，却是那么令人感觉悲哀。眼泪早已于面颊泛滥，嘴角却因回忆美好而挂着微笑。他把信放在被子上，打算去书房走走。

他想去找找那本笑话书，间接调整一下心情。打开书房门，一列列书籍很整齐地排列在他眼前。他的手没有接触这些书，他是用眼睛在扫描书名。他的视线掠过《水浒传》《红楼梦》，接着又掠过《茶花女》和《傲慢与偏见》，还是没有找到那本笑话书。他继续寻找着，从左寻到右，从上寻到下，都没有。黎安不再停留于这面书架，他来到硕大的书桌上开始搜寻，没有找到笑话书，却看到了一个银色的录音机。他从来没有看见过这个录音机，或许是他死后楚诗诗买的。

他拿着录音机，按下上面的按钮，什么动静也没有。

"安……"突然录音机里传出楚诗诗的声音。黎安有些惊，并尽快令自己镇定下来。

"安……"楚诗诗又叫了一声，或许是还没有操作顺手。

"安，我好想和你说话，可是，你却跟我捉迷藏一样不肯露面。"诗诗的声音越来越清晰流畅。

黎安把录音机放在书桌上，坐在红色木椅上继续听。他不知道该做出什么表情，只觉很多东西使他无法预料。

"难道，这些都是我的幻觉吗？你真的不在我的身边吗？哦！好像是这样。你的确死去了，原来爸爸妈妈没有骗我。我感觉有点奇怪，他们的演技怎么会变得那么好？眼泪哗哗地流下，我的生活每天都像在上演悲情电影。可是我不甘心，安，我不甘心就那样看你死去。"

黎安的眼眶渐渐红了，他觉得他现在似乎也过悲情电影里主人公的生活。

"今天，是我的二十七岁生日，妈妈给我买了这个录音机作为生日礼物。我很高兴地对她笑了笑，她却有点慌张。我不知道为什么，是因为看惯了我悲伤的样子，还是觉得我突然快乐显得不正常？我不知道。其实，我是觉得拥有了这个录音机，就可以跟你说话了。我要把我的声音录进来，然后走到你睡觉的地方放给你听，你一定可以听到的，对不对？安，其实在你离去后，我没有一天不想你，我想着我们以前恩爱的日子，连做梦都在想，可它们又是多么的伤人！所以，我都是不敢想下去，一想下去，你沉下海里的残忍画面就会插入我的脑海，和它们形成鲜明的对比！安，造物主也在惩罚我，我的自我惩罚还不够，他似乎连我们之间仅剩下的回忆也要毫无情面地夺走……"

黎安的眼泪又掉了下来。这些天，他不知道流了多少眼泪，那些透明的液体让他感觉楚诗诗的伤痛是如此真实。他没有擦眼泪，很惊讶地看着书桌上已没有声音的录音机。不该停下来的啊！他突然有种做梦的感觉，好像楚诗诗的留言是因为自己太过悲伤而臆造出来的。

"安，你在哪里？你在哪里啊？刚刚妈妈抢了我的录音机！她竟是那么无情，那么无情！"楚诗诗的哭腔像雷电一样刺激着他的耳膜，使他终于相信这是她真的在跟他讲话。她讲过的事情，每一件都像是毒药，让他即使在痛苦里拼命挣扎也没有用。

"安，如果你没有死，她绝对不会抢我的录音机，对不对？那么，你快回来吧！快回来吧！快回来带我走吧！他们二十四小时都在我的身边，我根本没有机会去找你。他们死死地看着我，不让我一个人去很远的地方，不让我拿各种尖锐的器具，我没有机会去找你，那么，你快回来接我吧！"

黎安吓傻了眼，难道在楚诗诗的生活中，生与死是常挂在嘴边的话题吗？她，曾经想在山顶纵身一跳，但被父母及时制止了，那之后，她不是又获得了活下去的勇气吗？原来一切都是短暂的，她常会因为悲痛的情绪而失去理智，死亡一直在不远处朝她招手。这些年来，过得最不容易的，是她的父母吧！

录音机终于不再发出声音，黎安也一直没有任何动静，这让他自己都感到可怖。她竟因为自己的死而抑郁到这种程度。现在，所谓的无奈和自责、悲伤和痛苦，都像垃圾桶里的塑料袋一样没有丝毫用处。他凝视着录音机，眼泪早已风干。慢慢地，他伸出长长的右手，再次按下先前按的按钮。他站起身来，继续寻找那本笑话书。功夫不负有心人，他在电脑左边看见了它。他长长地舒了一口气，并没有伸手去动它。

确定了书的位置后,他转身走出书房,那个录音机,已然寂寞地站在原处,有种欲语还休的惆怅,而实际上,里面确实没有录多余的言语了。

黎安没有再写信,他只是坐在椅子上静静地看着楚诗诗。他真希望有奇迹发生,哪怕只是她的眼皮稍微跳动一下,然而,她却如死人一般沉寂着。他看了许久,久到不知何时已经趴在床边睡着了。风似乎永远不甘于安静与寂寞,在空气中像一个被情人抛弃的女人哀号着,好像要吞噬这个世界。被子上面的信纸开始蠢蠢欲动,终于,它们被窗外的风吹了起来,有的飞到天花板上的吊灯上,其中有一张像羽毛一样飞到门口,好在门是紧闭的。还有一张,非常得意地从另外一个窗口飞了出去,好像重获了自由。

显然,沙沙的风声和纸张飘飞的声音惊醒了黎安。他有些警惕地转头看着被子上面——信纸果然不见了!他有些焦急地巡视着房间,很快找到继续在空中翻飞和停在门口的两张信纸,但另外一张他是无论如何也找不到了。失望之际,他无意间瞟了一眼两个相向的窗口,其中一个仍有风溜进来,吹拂着他冷酷的面颊。他望着那个窗口,恍然大悟。

他看了一下手表,已经是第十天的凌晨三点。他随手拿起一本书,把捡回的信纸压在桌子上,拿起竖在旁边的手电筒,转身快速打开门,跑到那个窗口下仔细寻觅。风越来越大，漫天暗绿的松叶在空中纷飞飘扬，在地上跳着各种优美的舞蹈，好像在嘲笑这位无比焦虑的男人。风依旧肆意地刮着，像是在发泄对这个世界强烈的仇恨。黎安悲哀地看了一眼远方苍茫的夜色，最终还是放弃了。

黎安只好从抽屉里又拿出一张白纸，想凭记忆默写出那张信纸上的内容，怎奈他的思维混乱，根本写不出任何东西。他的忍耐性似乎达到了极限，索性将手中的笔狠狠丢掉。

时间渐渐从月光下、光滑的石头表面、恹恹的松叶上、黎安的手指缝隙间偷偷溜走。

东方渐渐有了一抹红，黎安找来一支新笔在纸上只写了一段字。他不想这样让心再乱下去，觉得该理智一点，时间就剩下那么一点点了，得好好把握才行。他拿着笔和纸重新来到松树林漫步，天空白花花的，这让黎安拾回信心，他坚信，那张重要的信纸肯定遗落在这附近了。

不知又过了多久，红日已升到半空，在黎安打算彻底放弃寻找的时候，他突然听到一个男孩的声音。

"亲爱的诗诗，我愿意全心全意来爱你，不让你受到一丝伤害……"男孩念到这里，黎安感觉非常惊讶。这不是他在信上写的话吗？那个声音继续飘在空中，黎安捕捉声源寻找男孩的身影。到处都是松树，地面实在没有可藏的地方，但他相信声音的主人一定在这附

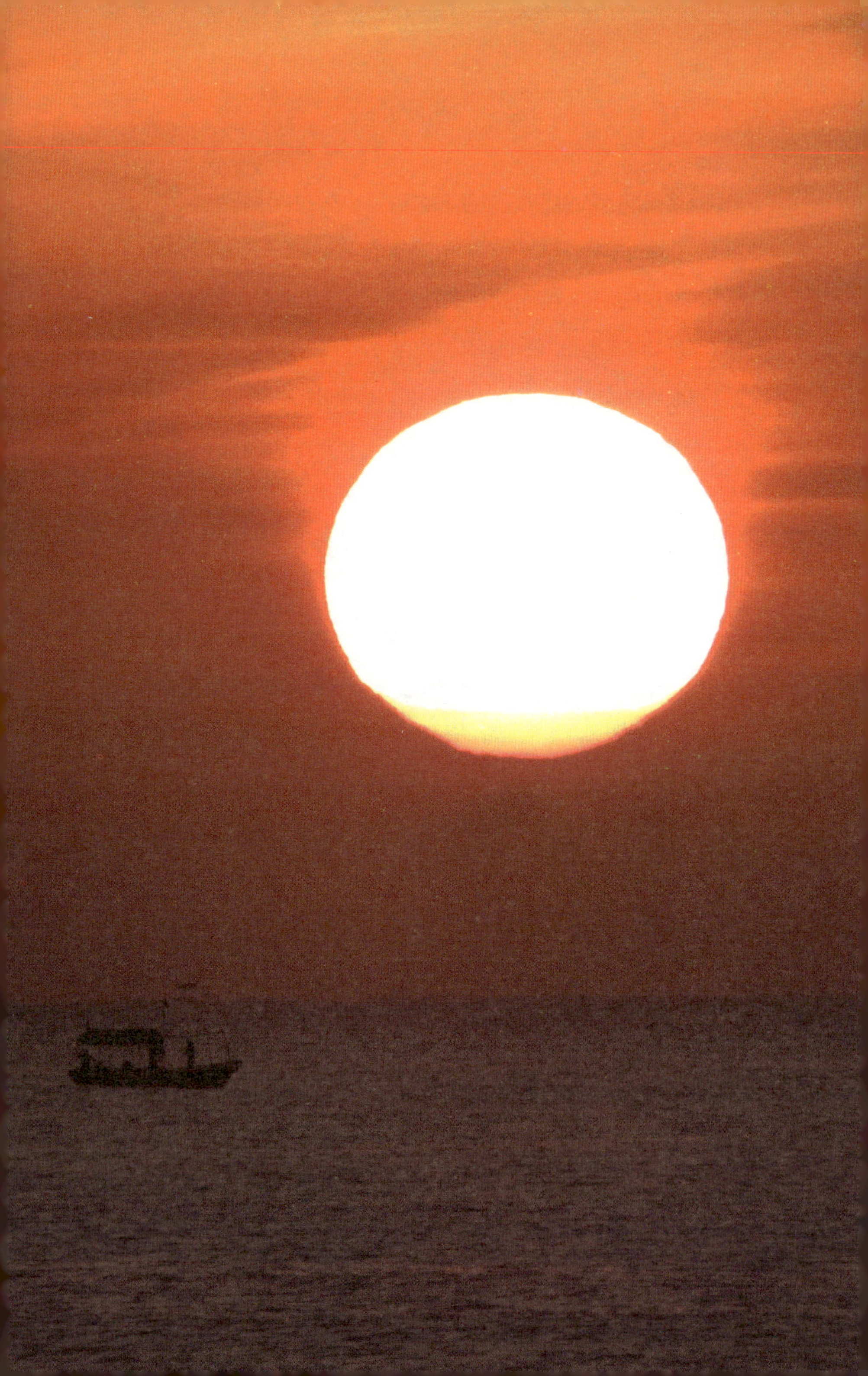

近。他快速地寻找着,绕过几棵树后,终于在一棵松树上找到了男孩。

"你快乐了,我才会快乐啊!"男孩拿着信纸还在念,但很快就发现了树下的黎安,显然也很吃惊。

"孩子。"黎安微笑着说,"你爬那么高不怕吗?"他并不打算进入正题,害怕那个男孩不把信纸还给他。

"哦,一点都不怕,都是死过一次的人了,没有什么可怕的。"男孩终于放松下来,但他说的话明显不符合他的年龄,或许是个非常早熟的小子。

"其实,我是听到你的声音才找到你的。"黎安仍然微笑着,语气非常小心。

"找到我?"男孩更加有点不可思议。他的声音实在没什么特别之处,他看了看手中的信,似乎明白了一点点,"这信是你的吧?"

"是啊!"黎安努力保持镇定,"相信你知道那封信对我的重要性。"

男孩对他笑了一下,让黎安有了些许安心。男孩本想爬下去,但他想了一下,还是留在了树上。

"我把它给你吧!"男孩说,"写得很好。"

男孩将信纸扔了下来,信纸像树叶一样飘扬着。黎安高兴极了，现在是白天，他再也不用担心会找不到它。他轻轻接住它，然后仰着头，本想对男孩说声"谢谢"，但男孩已经靠在树枝上佯装睡着了。黎安冲他笑笑，走开了。

此地在男孩眼中越来越诗化。他就葬在这个松树林附近。他没想到，自己的坟墓周围竟然有如此美好的风景。他睁开眼，俨然一副大人的神情。他把头转向黎安离去的方向，看着他高大的背影出神，兴许是想起了自己的故事。

信纸失而复得，这让黎安很欣慰。他回到诗诗的房间，把重写的信用打火机点燃，扔出窗外，看着它在风里燃成灰烬，最后葬身土壤。或许，人也是这样被埋入大地吧！黎安深深叹了一口气，觉得生命着实太短暂。

他来到书桌前，拿着压在书下的两张信纸，又把失而复得的那张放在中间，转身坐在床边的椅子上。他看了一眼诗诗，后者容颜安谧得很。

"诗诗，今晚午夜十二点后，我就永远看不到你了。"黎安轻轻地对她说，即便她听不见，"但我会一直祝福你，你一定要快乐哦！"

说到动情之处，黎安的眼眶又红了。他实在舍不得眼前这个女人，这个深深爱着自己、爱到抑郁的女人。

他别过头去不再看她。良久，他拿起笔继续写着，他

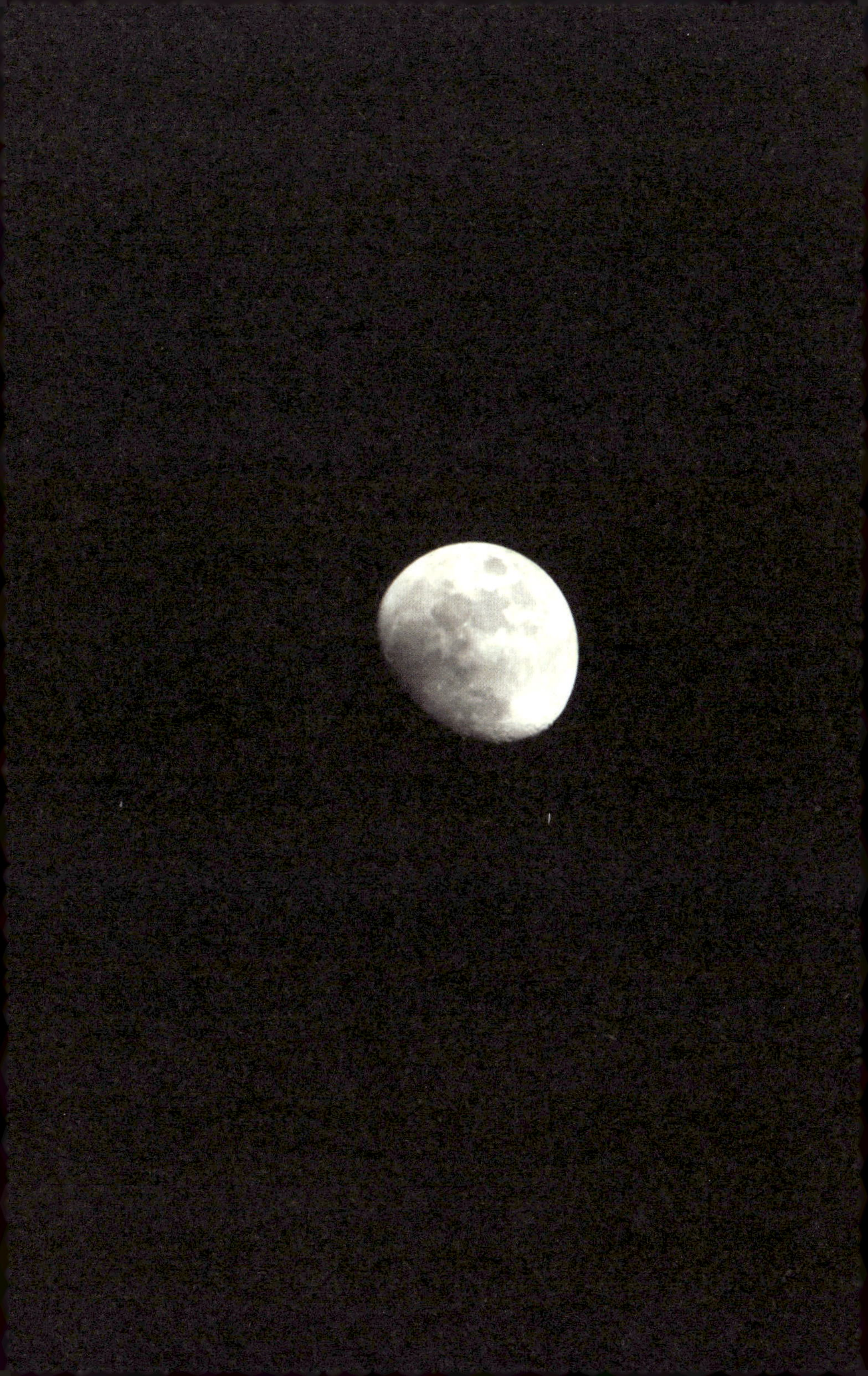

知道,只剩一句话没写了。

永远爱你。

他把这四个字写在信的结尾。

他一直后悔从未亲口对她说过:我永远爱你。现在似乎还有机会,只是她无法亲耳听到。

"我——永——远——爱——你!"他终于抬起头对她说了这句迟到的情话。

语毕,他才发现眼泪又断线了。虽说自己不是一个懦弱的男人,但在剧痛面前,他无法假装坚强。感情这东西就像透明的玻璃,完整的时候,可以看见世间所有的美好,一旦破碎,却能轻易刺伤自己。

8

黎安就这样坐着,像是在坐以待毙,又像是在等待新生。他本应就这么静静地看着楚诗诗,等到午夜来临时,再把信纸夹进笑话书里。然而,急促的敲门声打破了周围的宁静。起初,他还沉浸在自己的静默中,后来渐渐意识到真有人在敲门。

他把手中的信纸又用书压住,狐疑地打开屋子最外面的那道门,竟看到海运一家出现在自己的眼前。

"天!你们怎么找到这里来了?"黎安掩饰不住自己的惊讶和惊喜。

"我们本来沿着公路寻找,后来想起你曾经说过你的女友住在松树林里,我们就来到这里了。"海运耐着性子不紧不慢地说。

"见到你们可真高兴!"黎安一把抱起倩倩道,"你们肯定有什么事情要说吧?"

"黎安叔叔,我跟妈妈说要把家里的玩具放在游乐场,以后和我一般大的孩子捡到一定很开心,她却说到那个时候,玩具不会在那里出现,而是会消失……"倩倩有点小失望地说,"突然,她就慌张了,然后就找爸爸说了很多话,之后就带着我到处找你。"

黎安没有听懂倩倩的意思,疑惑地看着灵水。

"这到底是怎么一回事?"黎安放下倩倩问。

"听我说,"灵水稍微镇定了一下接着说,"你的新家原本是坟墓,今天午夜过后里面的全部东西都会变为原有的样子,有些甚至是空气变化而来的。你写的信,用的是坟墓里的纸吧?笔呢?这些都是没有用的,就算写了楚诗诗也不会看到。"

海运一家很严肃地看着黎安。这回,他明白了,也就是说现在写给诗诗的信在午夜后会在笑话书里凭空消失,即便没有消失,也会变成石头、沙子也未可知。

"谢谢你们!"黎安握紧灵水和海运的手。

他们对黎安发自肺腑的体贴入微,想想这些天的努力差点化为泡影,黎安吓出了一身冷汗。

"兄弟,"海运看着黎安的眼睛道,"你不能看着楚诗诗再度死去。你曾经死去经年,由于那些尚未被细菌完全分解的骨头变成了有血有肉的躯体才复活,如果你守着楚诗诗等待死亡,那么,你的尸体将留在她的房间里。而且,造物主说了,不能做任何让活着的人察觉到有人复活过的事情。如果你的尸体无缘无故出现在她的房间,必定会引来很多问题。昨天晚上,造物主又传来了旨意,说今晚午夜前一秒我们必须待在自己的新家……他似乎在心里点了一下人数,就差你不清楚这件事了。我们猜想你应该在活死人的屋里,才如此焦急地寻找你。"

是这样吗?黎安从未好好想过这个问题。一切都是会变回去的,复活并不是结局。

他不知如何感谢海运一家,但觉眼前的三个人似乎是造物主派来专门帮助他的。他激动得说不出话,灵水只好再度拥抱他,像是安抚一只受了惊吓的兔子。

良久,黎安才领着他们进了楚诗诗的房间,叫他们随便坐,然后专心做自己的事情。他从书桌中间抽屉里的一叠厚厚的白纸里抽出三张,拿起笔,又抽出压在书下的信纸,飞快地抄了起来。现在,他已不去思量信的内容,只求字迹工整。他确实没有太多时间了。

海运一家一直在旁边陪伴着他。

黎安花了将近一个小时才工工整整地把那些文字重新抄了一遍。看着手中的信,他深深舒了一口气。

"海夫人,请帮我在窗口把这三张纸烧了。"黎安把此前写下的信纸递给善良的灵水,然后匆忙走出房间,来到书房。

海运已经找来打火机。灵水拿着递来的打火机和女儿一起走到窗前把信纸烧成灰烬。

黎安找到那本笑话书,书很大,信纸不用折叠就可以加入书页。他把信纸平坦地铺在书的最后几页,然后将其放回原处。他又仔细看了一眼录音机,确定没有被移位后,从容地走出了房间,而心脏,瞬间变得轻松了许多。

回到诗诗的房间后,他看到灵水已将废纸燃成灰烬,被风吹得灰飞烟灭。

黎安来到诗诗的床边,将椅子搬回原来的地方。他再次环视了一眼房间,两个窗户间的玻璃依然半敞,窗帘挂在两边,桌上的手电筒还是立在那儿……一切似乎都没有变化。

黎安最后深深注视了一眼床上的楚诗诗,她依然冷漠,没有丝毫表情。他并未再度感到失望抑或痛苦,只是眼中塞满了不舍。这一走,就永远见不到她了。

黎安到底还是跟着海运一家离开了。

到家之前,他把扔掉的笔、停在松树林的汽车都妥善处理掉。他尽量做得尽善尽美,不留下丝毫他曾来过的痕迹。做完这一切,时间已不早了,天色变得黑红,分不清是昼还是夜。

月亮早早升起,圆得像一枚珠宝,散发出的也是黄灿灿的光芒。

"可惜今天不是中秋节。"黎安在海运家窗前看着夜空的那轮月亮,不无感慨。

"黎安叔叔,"不知什么时候,倩倩来到黎安身边。黎安觉得这个才八岁的小家伙总是那么机灵,"你可以把每月中旬都当作中秋节的呀!"

倩倩的回答令黎安惊讶,亦忍俊不禁。他在她的笑脸上又找到了

楚诗诗的影子,好像就是诗诗在他眼前说着这句话。定睛再看,仍是微笑的倩倩。黎安轻叹,再次举起女孩。显然,倩倩非常喜欢他的这个举动,在空中"咯咯"笑着。

"是呀,这样的话,每年可以过十二个中秋节了。"黎安附和着倩倩。

"呵,快过来吃饭啦!"灵水来到他们面前微笑张罗着。

黎安把倩倩放下,三人一起走到饭桌旁。

桌上放着许多菜肴，红红绿绿的，香气四溢。海运在旁边忙活着。黎安一眼就看到一大盘酸粉和一盘冒着热气的龙虾，便感激地望着灵水。灵水带着倩倩坐下，她没有错过黎安感激的眼神。

"来，吃饭。"海运催黎安坐下。

黎安突然又有了一种回家的感觉，而桌上的酸粉和大龙虾让他对楚诗诗再度升起无尽牵挂。但愿她能见到那封信，他真的花了很多心思。

这顿饭，吃得很温馨，如果有来世，黎安也不愿忘掉这种温暖的感觉。

晚饭后，海运一家目送黎安回到他自己的屋子。月光不再寒冷，照射在他们身上像是包裹了一层温暖，也把他们的影子拉得好长。

黎安躺在床上，无论如何也睡不着，该做的事情都做了，按理应该安安心心地等着午夜到来才对，可自己为什么就是睡不着呢？他来到窗前，看着海运家的房子，灯光依旧在，看来他们也辗转难眠。

这可真是难熬的一夜。

风徐徐吹来，天渐渐凉起来。月亮已升至头顶，只是没有之前那么璀璨。突然间，风在一瞬间停止了。这让黎安感觉有点怪异，他再次望向海运家，海运和灵水也站在窗前看着自己，眼神流露出不安来。

要发生什么事情了吗？每个人都在思忖这个问题，再看时间，所剩无几了。没一会儿，天色大变，月亮不见了，风大张旗鼓地聒噪起来，树木在疯狂摇摆，气势逼人。黎安的衣服被风掀了起来，他跟海运一家看着窗外的动向。突然，他失去了思想，应该说，所有复活者都丧失了思想。他们都被控制了，表情却极其自然。

"亲爱的人们，你们复活了十天，相信你们有的完成了自己生前的遗愿，有的尽情玩耍了一番，有的或许在思考生命的意义与价值，还有的或许沉浸在无法满足的痛苦之中……短暂的十天，或许会给你们带来很多，也会让你们学到很多，如果真是这样的话，那么，我的心思也没有白费。"飘进灵魂的声音再度响彻夜空，"午夜后，所有房子都会变成坟墓，所有坟墓又会变成房子。该走的，还是会走；该来的，挡也挡不住。相信大家都遵循了我的原则，没有一个活死人会知道你们曾经复活过；我也相信，你们没有触碰那些活死人。大家都曾死过一次，相信也不会害怕再度消失的感觉，而我，和活人的交易亦到此为止。很高兴，你们中的大多数人都已领悟如何珍惜生命。"造物主的声音渐渐变得随和起来，"现在，马上就要到午夜十二点了，那么，消失吧！"

就在造物主语毕后的一瞬间，世界又开始发生变化。

每一个住宅的颜色都变了，每一个复活者都变了，每一个坟墓也都变了。

一切都又变了回来。

时间开始流动，世界静悄悄的，好像什么都没有发生过。

9

活死人重新动起来，喝咖啡的继续喝，写作的继续写，听音乐的继续听。

楚诗诗的女佣叹了一口气，把台灯关上。房内并不怎么黑，窗外的月光依旧清冷。女佣走后，楚诗诗慢慢睁开眼，她根本没有睡，女佣的叹息也被她听到耳朵里。

"对不起。"女佣抱歉地说道。

楚诗诗非常痛苦，却动弹不得。她刚被女佣打了麻药。

"如果你万分不愿意，那么就由我亲自整理。"楚诗诗嗫嚅说道，随后意识渐渐模糊，终于睡了过去。

原来，前几天，远在英国的许德打来电话，告诉两家人他要结婚了，邀请他们去参加他的婚礼。毕竟黎、楚、许三家是世交，有着多年的感情。楚诗诗的父母打算常住英国不回来了，借此给诗诗一个新的人生。父母跟女儿一样执拗，如果她不愿意去，就算是绑也要把她绑过去。万般无奈之下，诗诗提出一个条件，希望可以带走能让她念

起黎安的东西。显然，请求被拒绝了。诗诗父母索性去黎家共商大计。诗诗不知道他们会做出怎样的决定，但她执意要女佣整理黎安的东西，女佣担心诗诗的病因此无法痊愈，说什么也不愿意就范。诗诗想好了，只要麻醉药劲过后，她就亲自去整理。谁知，身心俱疲加上麻醉药的作用，她迅速失去意识。

　　翌日，阳光非常温暖，楚、黎两家父母坐在别墅前，边喝咖啡边晒太阳。

"黎兄，你说诗诗这么执拗下去该如何是好？"楚母焦急地问。

"这孩子能熬这么多年也不容易。"黎父叹了一口气，"她的身体每况愈下，是靠着对黎安的想念才得以撑过来，如果把她精神世界里唯一有念想的东西夺走，那么，她是很容易崩溃的。"黎父平静说道。

"难道就让她一生都带着那些关于黎安的记忆吗？"楚母有点绝望。

"活在这个世界上，能够听到她的呼吸，看见她的容颜，总比让她精神崩溃要好吧！"楚父不失理智地说。有时候，人们只能做出一些无可奈何的决定。

"我们去看看诗诗吧！"一直没有说话的黎母终于不再沉默。

没有人再说话，大家继续喝咖啡。

楚诗诗早已醒来，找来一个大行李箱，从墙壁上取下照片，统统装进去。看着诗诗冷静的举动，女佣却觉得比她在房间里大喜大悲更可怕。装好和黎安的照片后，诗诗空手来到书房，手脚麻利地拿走书桌上的录音机，正准备走时，突然看见电脑旁边的笑话书，也将它带走了。女佣束手无策，赶紧给楚母打电话。

"喂，夫人，诗诗在清理东西，我拦不住她呢！"

"是关于黎安的东西吗？"楚母正和黎家人一起坐在车上往回赶，"随她吧，唉！"

"没事的，不用太担心。"黎母握紧楚母的手。

黎母似乎更加坚强，唯一的儿子永远离开了她，她却奇迹般地挺了过来。

楚诗诗把录音机放进行李箱，随后坐在椅子上随手翻起笑话书。记得上次好像看到107页，她放了一张小书签夹在书里。她把书签抽出来，放在旁边，继续看书，时而因内容太好笑而发出笑声。

"你看，多好的书呀！"楚诗诗对着一脸无奈的女佣笑道。

女佣通过她的笑容又一次发现诗诗是如此可怜。她深谙对方的痛楚，当年她和黎安两人的爱情着实美好，美好得犹如梦境。当幸福戛然而止，楚诗诗尚来不及接受噩耗，多日后，虽渐渐接受心上人死去的现实，却陷在悲伤中无法自拔。时而大喜大悲，时而静默多日，不说一句，把自己闷在房间里；时而做出各种怪异之举企图自杀，妄图去到美丽的天堂再次寻找爱情。殊不知，爱情创造了天堂，可失去了爱情，天堂何在？焦急的父母只顾她的病情，而忽略了她的内心。她太需要倾诉，太需要一个懂她的人，可周围太多关心，太少知心，她只好用写日记的方式向已经死去的黎安倾诉……

"可怜的孩子……"女佣小声说。

诗诗下午一点就要启程去英国，东家说再也不会回来，那么，她可能再也见不到这位可怜的、受她照顾多年的姑娘了。现在，何不帮她做一些事情呢？

细心的女佣知道诗诗忘了将床上的日记本一并带上，忘了把书桌左边抽屉里和黎安一起去黑龙江看冰雕的照片拿出来,也忘了把柜子里那条在新疆哈纳斯旅游时黎安买给她的围巾拿出来……

当女佣把那些东西拿到正看笑话书的诗诗面前时,后者非常震惊。原来,女佣才是最懂她的人!原来,她也并不是一个难懂的人!

楚诗诗不再沉浸于书中,或许,她只是心不在焉地看书,那些欢快的笑声都是假装的。她情难自抑,把笑话书放在椅子上,冲到女佣面前,抱着对方哭了起来。

"原来你什么都知道,原来你什么都知道!那你为什么不找我说说话?我的心都快憋出病来了!妈妈说我有病,你信吗?"诗诗激动地抓着她的后背,已经有了些年纪的女佣忍住痛,没有叫出声来。

"我知道,我知道!你只是悲伤过度才会说起胡话。你这是心病,只要心态好,就没有病。"女佣强作欢颜地说。

"是啊,只要心态好,这些就不是病!"楚诗诗放开女佣,开始抹眼泪。

屋外突然传来汽车声,敏锐的女佣知道必定是东家回来了。她把东西快速放进行李箱,然后小跑到门外,迎接他们。

楚父楚母和黎父黎母陆续从车上下来。四个人慢慢走进屋子。

"诗诗。"楚母一进屋就看见女儿在默默整理自己的行李。她走近才发现诗诗在默默流泪。

楚母的心触电般绞痛起来。

"我的孩子。"楚母一把抱住女儿,泪珠如线。

屋内余者见状都不知道如何是好。

"妈妈,我其实没有病。我只是太想念安了,想得快要病了。"诗诗转过头来对妈妈微笑道,虽然脸上的泪痕未干,"我没事的,妈妈。"

楚母非常诧异,这是女儿第一次对她说——我没事的,妈妈。

诗诗今天这是怎么了?所有人都感到莫名其妙,女佣或许知道原因,但她不敢相信就因为自己说了几句话就拯救了这个苦命的女孩。当然,她心里还是希望诗诗能够彻底好起来,开始新生活,毕竟以后的路还那么长。

楚诗诗呆呆地站起来,走到椅子边把笑话书拿起,默默走进自己的房间。她安静的举止反而让所有人都觉得异常。

"这孩子,到底是怎么了?"黎母百思不得其解。

"我想,她是想在离开这里之前好好静静吧!"黎父的话让大家陷入了更久的沉默。

楚母被丈夫搀扶到沙发上,想到女儿变成这个样子,她的眼泪又流了出来。出事以后,她的眼睛就像失控的水龙头。

黎父说得对,楚诗诗只想静静整理一下思绪。自从黎安死后,她每天都过着浑浑噩噩的生活,很少自省,有时她甚至不知道自己在干什么,只觉得对黎安有无尽的思念,又从未完整回忆过他们的过去。她有意无意地将自己的生活打乱,整日沉浸在悲伤痛苦之中,说着一些不着边际要死要活的蠢话，却很少顾及别人的感受。现在，她要离开这个和黎安恋爱的地方，纵有诸多不舍，但表现出来的却是沉默。

她把笑话书放在台灯的右边，躺在床上思索。

要想的东西太多，多到她不知道从何想起。慢慢来，反正还有两个小时。她想到第一次见到黎安的情景，想到他第一次和她说话时腼腆的样子，想到他第一次弹吉他给她听的潇洒派头……想着想着，她竟睡着了，脸上挂着一丝微笑。

这是黎安死后，她第一次发自内心的笑。

时间悄悄在钟表表盘上划过，女佣已为楚氏母女做好准备。她把行李陆续搬到汽车上，也见到了黎父黎母的行李。

"汽车还真是长。"女佣把后备厢盖好，对驾驶座上的司机说，后者只是笑笑。

"去叫诗诗出来吧！"楚母走出房子温柔地对女佣说。

"好的。"女佣知道诗诗要出发了。

黎父黎母和楚父从屋里走出来，和楚母陆续钻入汽车。

女佣轻轻敲着诗诗的房门，却没有任何动静。

"诗诗？"女佣轻轻唤了一声，房内还是没有任何声音。她本想开门，门却突然被打开。

楚诗诗冷静地站在门内，深深看了一眼女佣，眼神里夹杂着不舍、感激，但更多的却是无奈。

无须赘言，女佣觉得这个眼神已经足够。

诗诗终于走了。女佣在原地站了一会儿，发现门没有关。她上前扫视了一眼房间，正打算关门时，突然看到那本对诗诗非常重要的笑话书。她快速走到书桌前，拿起书就往外追去。等她赶到屋外，车子已走远了。

"诗诗……"女佣边追逐边喊，"诗诗，你的笑话书！"

车内人似乎并未听到她的呼喊。

"诗诗，你的书！"女佣仍旧一边叫一边飞快地跑着，她知道这书对诗诗的意义非凡。

这时，从书内掉出几张信纸来，正是黎安写给楚诗诗的。女佣的叫声戛然而止。她赶紧弯腰把信纸拾起来，再看车影，早已渺无。

"唉……"女佣朝着车子远去的方向叹了一口气。过了几秒钟，她正打算回去，突然发现远处汽车正在退回来。

楚诗诗必定从反光镜里看见了女佣的举动。

车子停下来，诗诗从车内下来，走到女佣面前。

"什么事？"

"你的笑话书。"女佣微笑道。

诗诗看到笑话书才恍然大悟，对女佣感激不已，却还是忍不住悲伤——她居然会落下黎安送她的礼物。

"这个……"见诗诗正要回头，女佣叫住她，"这个是从书里掉出来的。"说着扬了扬手中的信纸。

"谢谢你。"诗诗道谢,随手接过那几张信纸。

她并未在意信纸上的内容,车子已经等了很久了。她步履轻快地走近车子,钻了进去,最终还是消失在女佣百感交集的眼中。

10

    楚诗诗手里拿着书静静看着窗外的风景,这里的一草一木都让她感到悲伤。她看到那片松树林,往日和黎安在里面散步的情景又浮现眼前。她赶紧回过头来,害怕自己再次流泪,却看到所有人都在注视着她。

    她不想解释什么,发现手上还有几张信纸,打算看看。

    "就要去英国了,把一些事情忘了吧!"楚母对女儿说。

    "妈,我一直都没有事,你就是不相信我。"楚诗诗有点委屈道。

    "算了,不说了。"楚父叹了一口气。

    此时,楚诗诗没有心情看信,她以为那不过是女佣写给她的。显然,她忽略了女佣递信时和她说的那些话。

    她把信塞进笑话书里,闭上眼,不让思念的泪珠掉下来。

    这个地方,有着太多黎安的影子,她努力克制自己不去看,索性紧闭双眼。

    终于,来到机场,每个人都拖着自己的行李,领登机牌、办托运、

过安检，一切按部就班。

"把书放进行李箱吧！"黎母建议女儿道。

"不必了，我想，在飞机上看看书也不错。"诗诗婉拒。

所有人在听到机场的提示后，陆续检票登机。

楚诗诗坐在靠窗的位置，旁边是她的母亲。

飞机疾驰在跑道上，半响，终于起飞了。楚诗诗看着窗外的风景，天空很蓝，云层很厚。她就那样一直注视着窗外，不和任何人说话，待她回头时，才发现很多人已经睡着了，包括自己的母亲。

楚诗诗顿觉无聊，又想起女佣递给她的信。

她从书里拿出信纸，刚看到第一个字，霎时有了哭的冲动。

居然，是——黎——安——写——的！

拿信的手开始颤抖，诗诗尽量不让周围人察觉到她的反常。

随着文字的流淌，激动的泪水亦在诗诗的面颊上肆意流淌。

黎安的信，让她心旌荡漾，她却只能默默流泪。她不想吵醒周围的人，更不想让自己的母亲再次为她担心。她真的没有想到，黎安曾经给她写过信。

她很快就看完了信，眼泪浸湿了信纸，这种湿漉漉的感觉让她倍感真实。

诗诗扭过头，继续注视起蓝蓝的天空，好像在跟黎安打招呼。她把信纸再度藏回书页内，就这样一直看着天空。

诗诗，这是我第一次给你写信。

我一个人睡不着，在窗前回忆有关你的点点滴滴。

还记得有一次我在松树林里弹琴给你听时，
你有过一次叹息吗？
我以为你一定是想起了什么伤心事，
你却假装开玩笑说是因为我没有写过情书给你。
我知道，对于委婉含蓄的你，
情书被你看得过于重了些，
所以，我决定给你写一封长长的情书……

她忍不住再次回忆起信上的内容。

诗诗,这是我第一次给你写信。我一个人睡不着,在窗前回忆有关你的点点滴滴。还记得有一次我在松树林里弹琴给你听时,你有过一次叹息吗?我以为你一定是想起了什么伤心事,你却假装开玩笑说是因为我没有写过情书给你。我知道,对于委婉含蓄的你,情书被你看得过于重了些,所以,我决定给你写一封长长的情书。

记得第一次见到你,当然,也是你第一次见到我的时候。我拿着许德送的吉他在舞台上弹奏,常会闭着眼睛,好像自己也沉醉其中。当我醒来的时候,第一眼就看到你沉浸在音乐里陶醉的样子,别人都在看我的眼睛,可你不,看的是我拨弄琴弦的手。我一下子就被你的微笑和你的与众不同吸引住了,连我自己都难以置信。当我终于弄清楚你的手机号码,约你出来吃饭的时候,你明显很惊讶,但令人开心的是,你非常乐意跟我共进晚餐,这让我发自内心地感激你,起码,没有被你拒绝过,哪怕就一次。

接触了一个半月后,你才答应做我的女朋友,这让我幸福到极点,同时也了解到你是一个对感情非常认真的女孩,这让我多少感觉很幸运。这两个月,我对你的生活习惯了解得非常透彻了,值得庆祝的是,我们的生活方式并没有太多矛盾的地方。我喜欢你常常带着闲散的心情在松树林里散步,你喜欢我在黎安港的海边弹吉他;我喜欢你常常对着湛蓝的天空发呆,思绪好像天空飘浮的云,你喜欢我安安静静地在书桌上写着日记或歌词;我喜欢你目标明确地逛街,而不是见什么买什么,你喜欢我每天都会主动烧水洗澡、洗衣服……我们彼此尊重,更彼此倾心。你会不会觉得,我们是全天下最登对的情侣?

……

飞机落地后,许德来机场接楚、黎两家人。诗诗仍无法摆脱黎安写给她的那些情话。

你读大一的那个深秋,我们常常在松树林里漫步。那天,夕阳红似火,你说它象征着我们热烈的爱情。我看着你的眼睛,忍不住吻了你。这是我们的初吻。轻轻放开你的时候,你的脸害羞得像一只熟透的苹果。我们相视而笑,连树上的鸟儿也为我们吟唱。那时,你才十九岁,美好得像童话里的公主,我为你痴,为你迷。这些,你都记得吗?

你是一个很快乐的孩子,总缠着我带你去海洋主题公园的游乐场。我们一起坐摩天轮的时候,你常常吓得大叫,可你不知那个时候你是多么可爱。你和那些小孩子一起坐旋转木马,还要我必须坐在你身后,可你却总是忘了跟我说话,只顾唱着欢快的歌给那些孩子们听。事后你才想起身后的我,觉得非常愧疚。我的好天使,你是给更多人传递快乐,我怎么会怪你呢?

　　我的宝贝,你说你很喜欢听我弹吉他,所以去游乐场的时候我也会带着它,等到玩累了,我们就坐在湖边,肩靠着肩。我会弹一些欢快的曲子给你听,最后总是你睡着了,害得我每次都要背你上车。应该要惩罚你一次了,以后我睡着的时候,你就来背我吧!你一定会嘟起嘴巴,对不对?傻瓜,我这么疼你,怎会忍心要你背我呢?

　　诗诗和父母进了一辆白色小轿车,黎氏夫妇和许德进了一辆黑色宝马车。
　　车不紧不慢地在公路上行驶着,诗诗的耳边仍回响着黎安那富有磁性的声音。

　　亲爱的诗诗,我愿意全心全意来爱你,不会让你受到一丝伤害,同样,你也要为我过得幸福快乐,知道吗?你快乐了,我才会快乐啊!和你恋爱的时候,我努力弄清你的兴趣和爱好,因为我是那么爱你,你也是那么值得我爱。我深切地知道你是酷爱旅游的女孩,你的梦想是走遍全世界,那么,让我慢慢为你实现。我带你去了新疆的哈纳斯,去黑龙江看冰雕……你是一个很好的女孩子,带给我很多惊喜,所以我一定要给你更多的爱。但是,亲爱的诗诗,以后我可能会有点忙,我必须好好工作,为你的幸福打下坚实的基础,所以,你今后也许会偶尔一个人，虽然会有点孤单或寂寞，但你一定要答应我，不管我工作有多忙，不管我以后去哪里出差，不管我在做什么，你都要快快乐乐的，因为我爱你，我不想看到你伤心寂寞的样子。我最懂你，会在你一个人孤单的时候给你发信息，给你打电话。总之，你要答应我，你要快快乐乐地生活，我会永远陪着你。

永远爱你。

那个声音飘在楚诗诗的心底，一直飘到许德结婚那天。

楚诗诗和父母坐在一起。

结婚进行曲开始撩拨起人的听觉神经，诗诗一直看着新郎新娘发呆。新娘幸福的笑容让她似乎看到了以前的自己，眼泪不知不觉滑落下来。她觉得，是时候接受现实了，是时候清醒了。

婚礼结束后，父母带她去了英国的新家。看到那么安静幽雅的房子，诗诗扬起嘴角，可看到父母雪白的头发，她又有流泪的冲动。这么多年来，为了自己，父母真是受苦了。

她决定，要快快乐乐地活下去，因为，这也是黎安的愿望。

"爸，妈，你们先进去吧，我想在房子周围散散步。相信我，没事的。"楚诗诗笑着叫住即将进入房间的父母。

母亲并不是很同意，刚要说什么，却被父亲制止了。

"好孩子，去吧！"父亲慈爱地笑笑。

楚诗诗感激地走了。她来到树林里，慢慢踱着步，突然发现自己成熟了，难道是因为黎安给她写的信？可能吧！

　　她的脸上挂着幸福的微笑。

　　亲爱的黎安，我不会再让你担心了，你一定要相信我。

　　而我，也永远爱你。

　　我会一直一直，活下去。

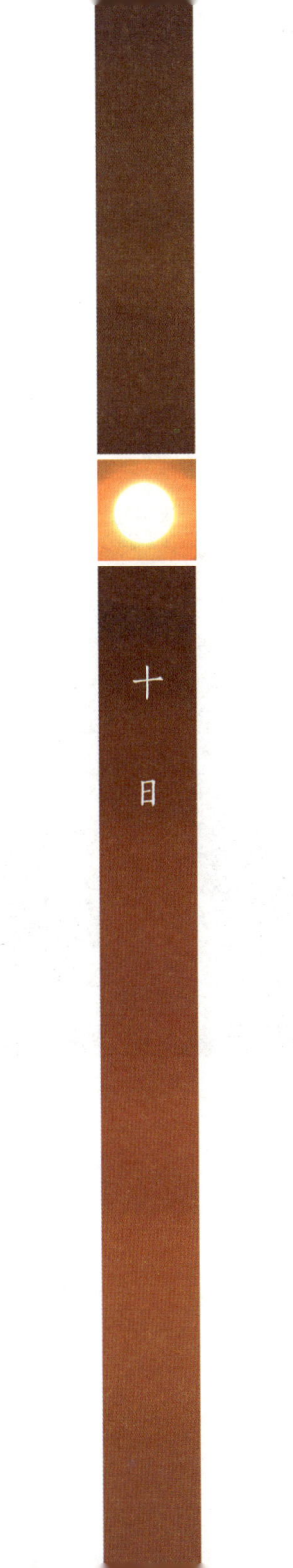

十
日

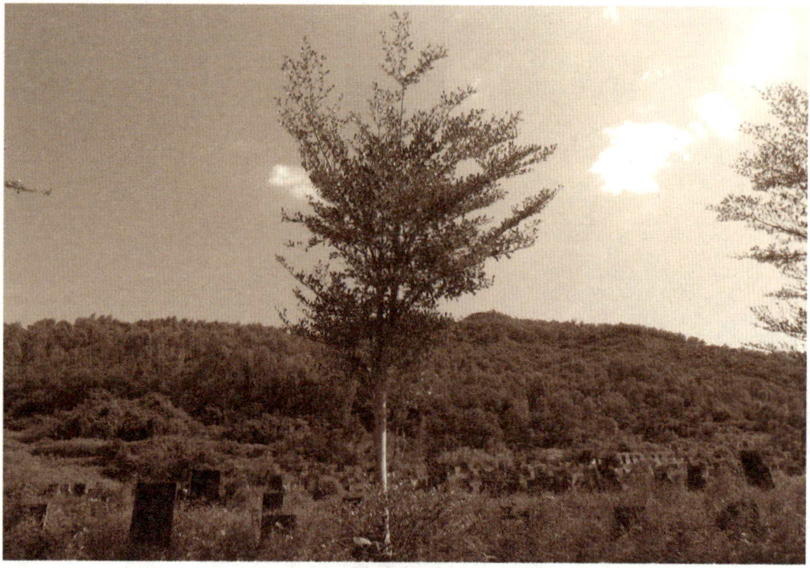

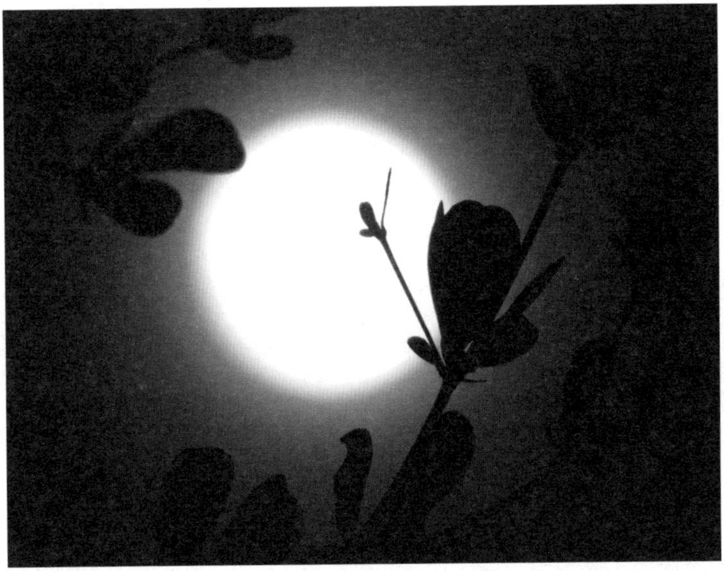

1、外景 城市 夜

天空，墨黑。

一阵诡异的风吹来，薄薄的云将月亮遮住。

大地开始摇晃。摇晃了几许，整个城市开始像死一般沉寂。

一栋欧式建筑物上挂着一面钟表，时间刚过午夜十二点。钟表指针停止。

就在此时，不知何处又飘来一阵邪风，路边的树像是着了魔似的摇摆着树枝。地上棕绿色的松叶像疯了一般席卷着整个天空。

整个大地都在大张旗鼓地诡异变化着。

所有住宅楼在慢慢缩小，后变成一块块小石头，紧接着小石头又慢慢滋长，变成一个个坟墓的样子。变的只是房子的外表，室内与原先并无二致。

与此同时，本来真实的坟墓也慢慢变成小石头，然后滋长成一座座房屋的样子，室内也跟着变化，没有了棺椁，更觉察不出凄凉和恐怖的气氛。

十　日

2、内景 假坟墓内 夜

　　世间的活人睡着了的继续睡，但已开始变得不会做梦，也听不见任何声音，宛如一个会呼吸的死人躺在床上；没有睡觉的，或写作，或上厕所，或正在喝咖啡，他们的动作奇迹般地因时间的停止而停止，在所站或所坐的位置保持着不变的姿态。

3、内景 假房子内 夜

没有腐烂的尸身慢慢恢复血色,灵魂像被某种神力拯救了似的,全部复活了。

如果，我回来

4、外景 城市 夜

一阵清风袭来,薄薄的云飞走了,月亮出现在天空上。

欧式建筑上的挂钟消失不见了,换成挂着一个硕大的倒计时表,显示着二百四十个小时,时间正在偷偷减少。

5、内景 假房子内 夜

　　复活的人睁开眼后就像睡醒了似的伸着懒腰。当他们知道自己复活时,雀跃不已,为自己的重生兴奋、激动。

6、外景 房外 夜

他们冲出自己的房屋,聚集在室外一起狂乱地唱歌、跳舞,即使他们中很多人都彼此陌生。

7、内景 黎安的房间 夜

男主人公黎安站在窗户边看着外面欢呼的人们。

他很沉默,还有一些惆怅,跟外面的人形成了鲜明的对比。

沉默了一会儿,黎安慢慢走出房间,脚步很沉重。

8、外景 房外 夜

名叫灵水的女子也打量着这群欢快的人们,并发现了沉默的黎安。出于好奇,她带着身边的丈夫海运和女儿倩倩走近黎安。

灵水:复活了十天,你怎么没有跟他们一起载歌载舞?

黎安寻声望去,看见灵水左手挽着高大魁梧的男人,右手轻轻搭在站在夫妻跟前七八岁大的女孩肩头。

灵水的眉目很清秀,皮肤姣好,全身透露着温柔贤惠的气息;海运始终在微笑,给人一种海纳百川的气质。倩倩很漂亮,头发是天然卷,有些长,乖乖地披在肩头。

海运:我们是你的邻居,很高兴认识你。我叫海运,这是我夫人灵水。

他用左手指了一下灵水。

海运:这是我女儿。

他把自己的右手也搭在女儿的肩膀上。

小女孩甜甜地说：我叫倩倩。

黎安很意外，随后笑了，很真诚地笑。

黎安：叫我黎安吧！很晚了，我们都休息吧！

夫妻俩表示赞同，牵着孩子的手，回到自己的房子。

黎安也慢慢走进自己的房子。

此时，世界已经安静下来，没有人再喧哗。

9、内景 黎安房间 夜

黎安直直地躺在自己的床上,仔细抚摸这张软软的床。半个小时前,它还是一个木质棺材。

他露出不可思议的表情,像在做一个荒谬的梦,半晌,他又露出一丝接受现实的神情。

他的手指划过浅黄色的床单,眼神飘忽。

黎安自言自语:或许,我死了很久吧?

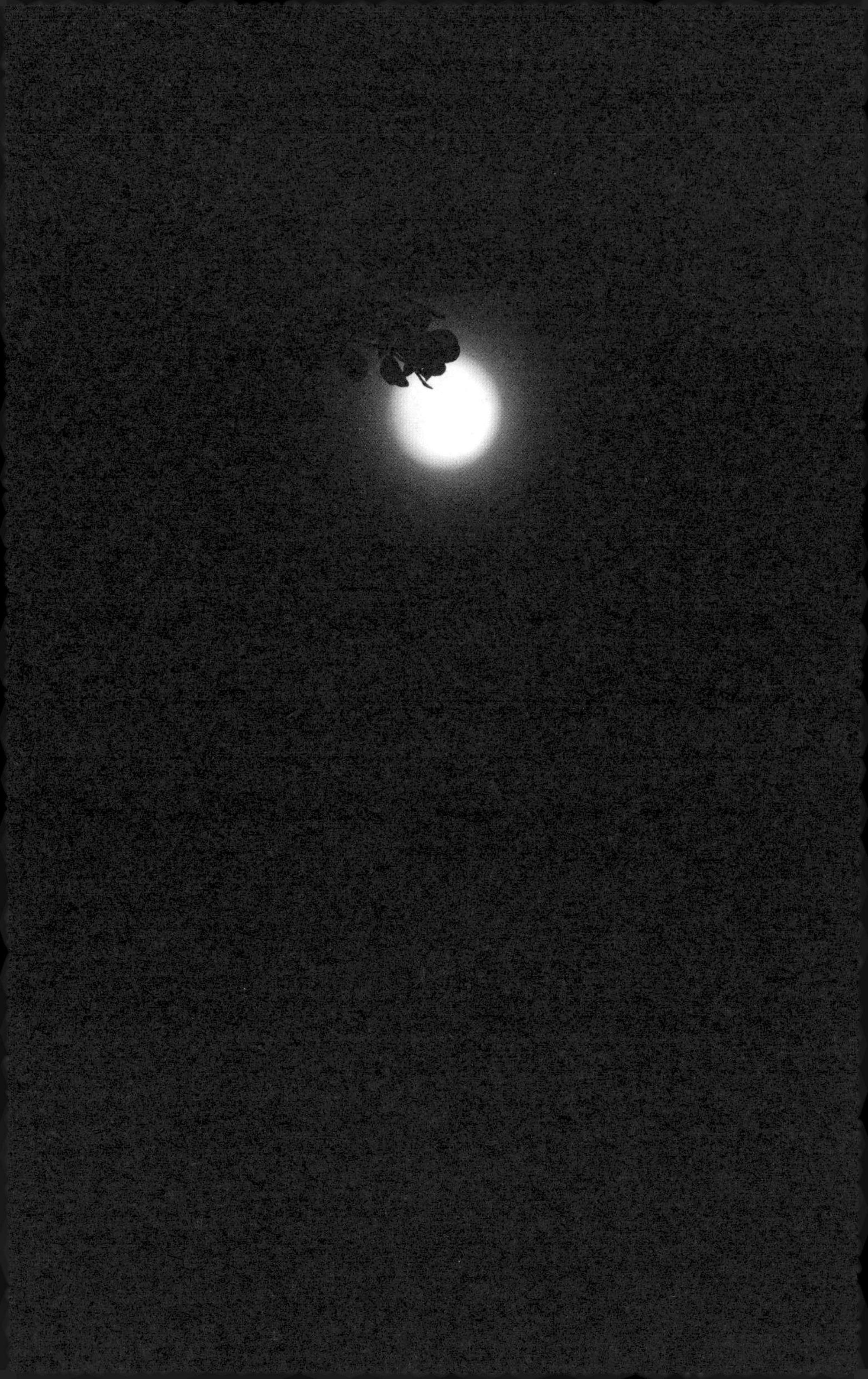

10、外景 屋外 夜

　　月亮在空中若隐若现，风富有节奏地吹着。秋天已来了一阵子了，树叶随风漫天飞舞，飘落到地上后又辗转盘旋着。突然，一枚棕绿色的松树叶很醒目地在空中飘飞着，最后从窗口飞进黎安的房间。

11、内景 黎安的房间 夜

　　黎安的手指依然在床单上划着,飘落在他手指上的树叶让他的动作随即停止。他拿起那枚精致的树叶,仔细端详,似乎要看穿它的细胞。

　　(镜头慢慢拉至叶子的特写,时空发生了转变。)

12、(闪回)外景 松树林 日

　　女主人公，名叫楚诗诗。她是黎安的女朋友，只有十九岁，一头乌黑的头发在空中飘逸。她站在松树林里仰头享受着阳光的爱抚，不断做着深呼吸。

　　温柔的风儿吹得松树叶在空中翩翩飞舞，像一幅美丽的油画。

　　黎安不知道从哪里悄悄走近女孩，给她带了一份礼物。女孩看到是他，高兴地接住盒子，慢慢打开礼物。

　　楚诗诗：是什么？

　　女孩满脸期待，男孩温柔地看着她的眼睛，不说话。

　　楚诗诗：太漂亮了！

　　是一只美丽的蝴蝶夹。

　　黎安把蝴蝶夹别在女孩发际。看到眼前的女人如此迷人，他禁不住将她抱了起来，原地旋转。女孩甜甜的笑声传遍树林的每个角落。

13、内景 黎安的房间 夜

　　黎安打断回忆，巡视了一下房间的现状，叹了一口气，睡下了。

　　月光从窗口倾泻下来，洒在他安静的脸上。

　　他的面部轮廓清晰可见，浓浓的眉透着英气，英挺的鼻梁像雕刻出来似的。

　　他很英俊，像一个二十五岁的王子。

14、内景 黎安的房间 日

早上起床,黎安保持习惯,第一件事就是倒一杯水,准备喝。

15、(闪回)内景 某房间 日

黎安的女友楚诗诗要他早上"喝水"。

16、内景 黎安的房间 日

黎安已经喝完水,拿起桌上的面包往嘴里塞,然后穿戴好衣服准备出门。

17、外景 屋外 日

　　门口，是由石头变成的一辆漂亮的汽车。

　　黎安关上门后，看到这辆汽车，脸上露出不可思议的表情，随即很高兴地钻进汽车。

18、外景 公路上 日

凭借娴熟的驾驶技巧,黎安在公路上自由驰骋,不用担心被车撞到或撞到别人。

19、(闪回)外景 松树林 日

楚诗诗和黎安深情地拥抱、接吻。

20、外景 公路上 日

黎安快乐地哼起歌来。

突然，一辆白色跑车从他身边急驰驶过，是海运一家人。

他们看起来无比快乐幸福。

黎安摇下车窗与他们打招呼，他们也欢快地回应，留下一路的笑声。

21、外景 楚家屋外 日

黎安的车速很快,最后汽车缓缓停在楚诗诗家门口,这里看起来很大的坟墓前。

他一点都不觉得奇怪,似乎早就知道死人和活人的居住地互换了。

坟墓周围依然是松树林,依然是满地的棕绿。

黎安慢悠悠地走在松树林里,听着自己的脚步踏着树叶发出清脆的声音。

黎安:终究还是不在同一个世界。

黎安看着楚诗诗的家无比伤心。

22、外景 楚家屋外 日

黎安来到坟墓的门前,鼓起勇气轻轻打开了这道银色的木门。

门发出"吱呀"一声。

黎安并不感到担心和害怕。

23、内景 楚家 日

黎安把门关上,转身时被吓了一大跳,差点叫出声来。

24、(闪回)内景 原来的楚家 日

黎安的回忆中楚家的布局。

25、内景 楚家 日

    黎安看着室内非常惊讶，摆设跟多年前一样，没有变。

    他看到一个优雅的茶几，上面有些复古的茶具，茶几周围是米白色的软沙发，靠墙的沙发左边有一盆纯白色的百合。

    黎安：真是不可思议！

    他在房子里轻轻踱着步子。

    他来到一扇门前，犹豫着将它打开。

26、内景 楚诗诗的房间 日

　　黎安刚进去，又吓了一大跳。

　　他看见一个老女人在关台灯，手还没按下去，灯仍是亮的。她的身体静止在那里，连睁开的眼睛都没有眨过。

　　老女人的神情流露着无奈。

　　黎安自言自语：是佣人！

　　他再走近一点，看见台灯旁边的床上躺着一个女人，正是楚诗诗，看起来已有三十岁的样子。（跟之前闪回中的年轻女孩不太一样。）

　　黎安立即表现出一种不肯接受现实的痛苦表情。

　　黎安轻唤：诗诗？

　　女人没有任何反应。

　　黎安开始寻找什么。不一会儿，像是找到了，黎安惆怅的表情渐渐平缓下来。

　　他看见床边书桌上有他和诗诗甜蜜的合影，背景是黎安港的那片海。

他走过去,拿起相框,一丝幸福的光芒闪过他的眼睛。

放下相框,他来到诗诗的床边坐下,就这样静静地看着熟睡中的心上人。

突然,他伸手想要抚摸她迷人的面庞,可手却突然停在半空,像是有人阻止了他。

27、内景 楚诗诗的房间 日

　　黎安把手缩了回来，只好继续看着女人，再度流露出深深的无奈和丝丝的痛苦。

　　半晌，他的眼神变得温柔，竟露出一丝满足的笑容，幸福的眼泪旋即落了下来。

　　黎安：还好，我还能见到你，亲爱的。

　　他即刻站起身来，却看见床边有一瓶药，复又坐下。

　　黎安：是什么药呢?

　　他有些莫名其妙，长长的手臂很轻易就拿到了药瓶。

　　定睛一看，他的脸瞬间变得难看，全身细胞都在颤抖。

　　药瓶上写着非常醒目的几个字——盐酸舍曲林片（特写），用于治疗抑郁症的相关症状，包括伴随焦虑、有或无躁狂史的抑郁症……

黎安几乎要叫喊出声,不禁痛苦地锁紧了眉头。他再度看向眼前的女人,深深的疼惜之情溢于言表。

黎安(沉痛地):诗诗,你曾是多么快乐啊!

他拿着药瓶不放手,就这样一直看着诗诗,看着她安静的样子。

28、（闪回）外景 黎安港的沙滩上 日

黎安在金色的沙滩上席地而坐。

这里是黎安港。港湾有一座乌龟山，因像极乌龟而得名；海滩左边有一座山，叫猫岭，因长得像一只猫静静趴在海上睡觉而得名；海滩右边屹立着延绵的山峰，叫作龙山，非常像一条从天而降的祥龙。这里的山非常奇妙，座座都酷似一只动物。

这里也是男女主角经常约会的地方。

楚诗诗不知道从哪里冒出来，从他后背拍着他宽厚的肩膀：嘿嘿！你果然在这儿啊！

黎安：你不在家，出门又不带手机，我只好在这里等你啊！

黎安微笑着把她揽在自己怀里。

黎安：我知道你一定会来。

诗诗微微笑着，风把她的头发吹乱了。

他们就这样安安静静地看着大海。

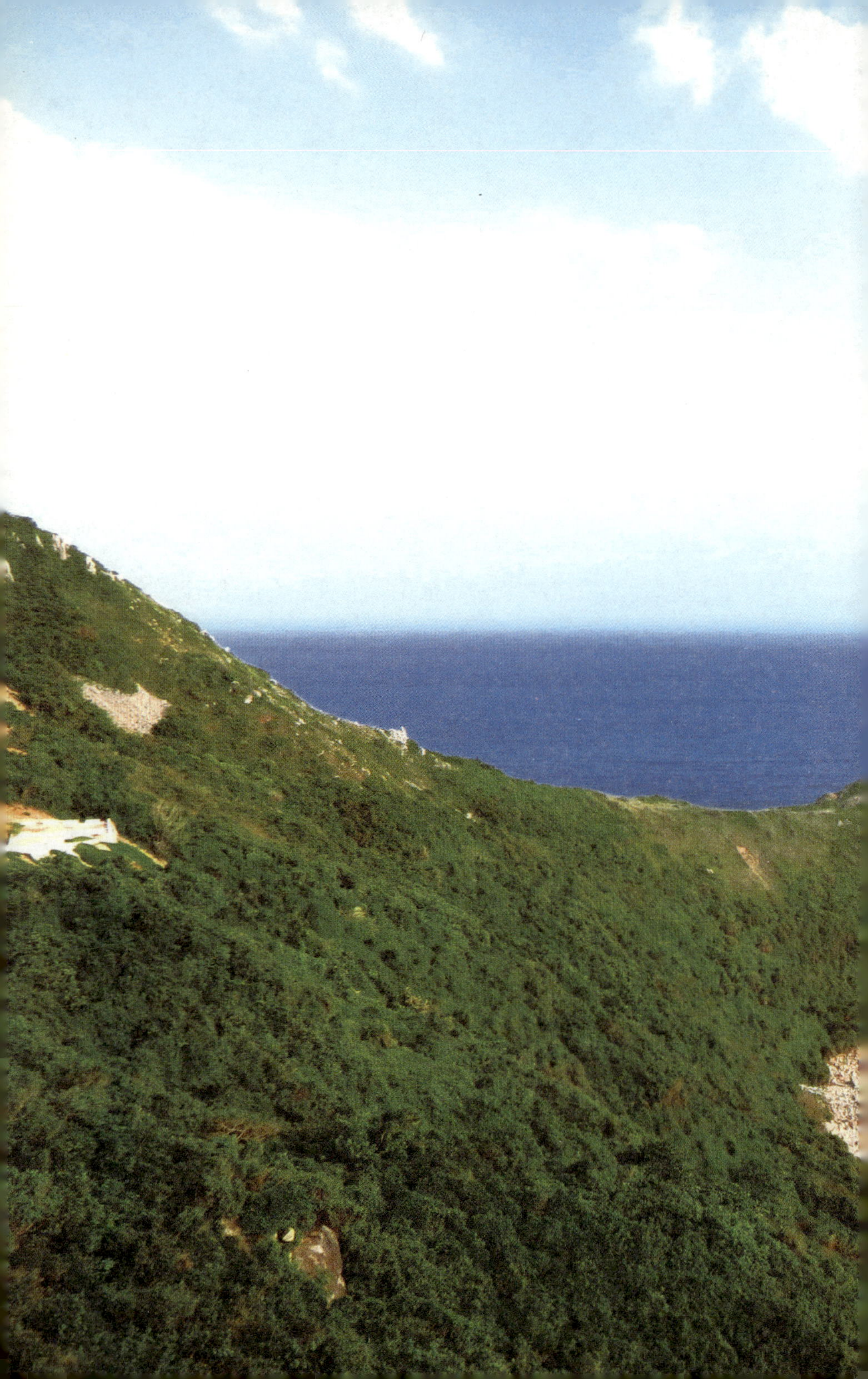

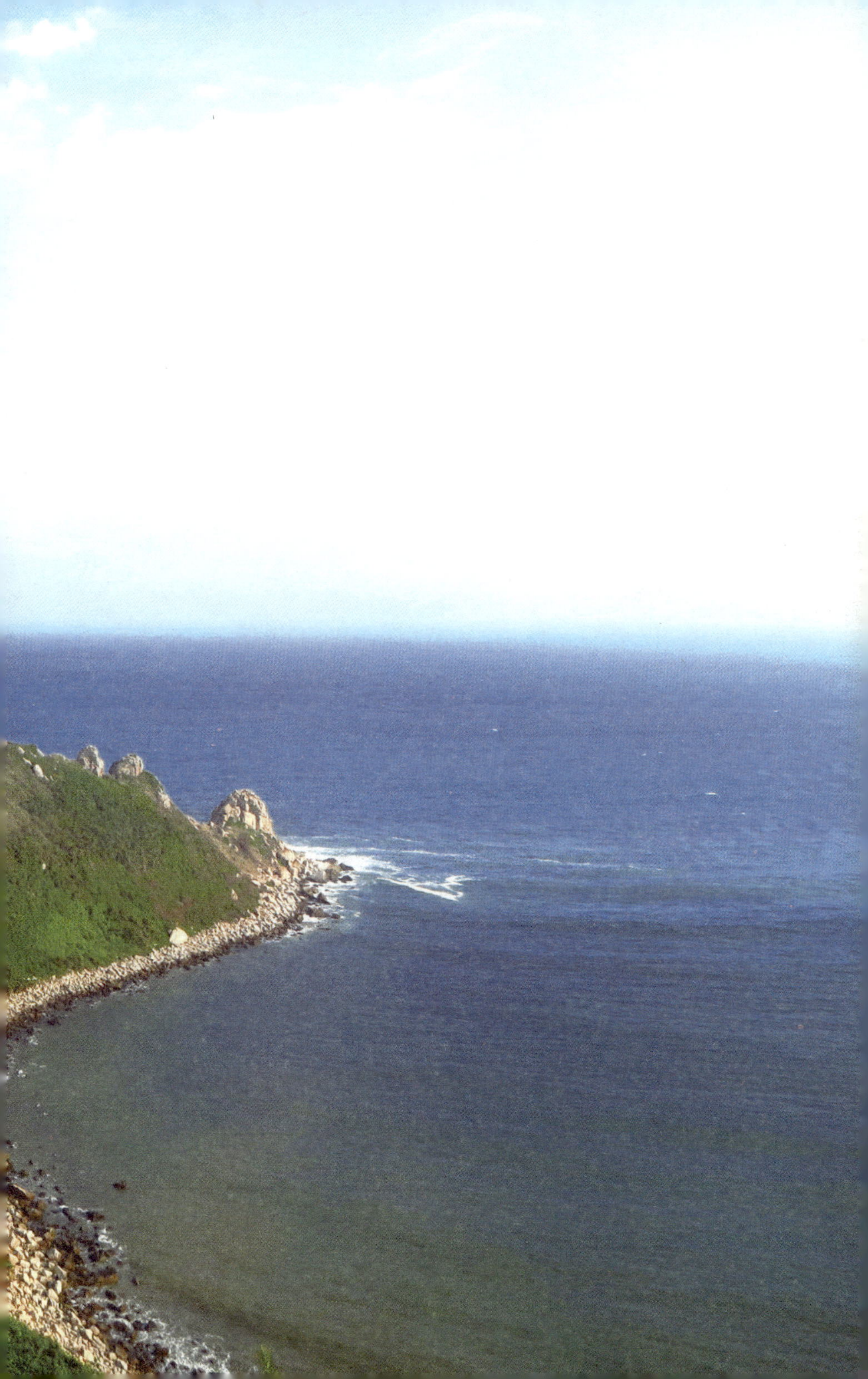

楚诗诗突然跳了起来，看着黎安。

黎安微笑看着他的女朋友。

楚诗诗好奇地问：安，你的名字和黎安港有关系吗？是谁给你取的名字？

黎安：听我爸爸说，我出生的那天，电闪雷鸣。我生下来时啼哭声很大，引起医院楼道口一位老爷爷的注意。他看看我的手相，跟我爸说，这孩子经脉神异，将来必遭劫难，让我爸取名为"安"，兴许能躲过一劫。

诗诗：黎叔叔信了？

黎安：我爸说他不信，但他看到老爷爷神情自若，步履如仙，还是半信半疑地给我取了这个名字。恰好当时这片海被村长命名为"黎安港"，我爸觉得这或许是天作之合，更加对老爷爷的话深信不疑了。

诗诗往黎安港的左边看，那是乌龟山。

楚诗诗：我一直很好奇，为什么那座山跟乌龟长得一模一样？

黎安拥着诗诗：我也不太清楚。我爸小时候给我讲了一个关于龟神的传说。大概是有一天，造物主让龟神在海上巡逻，龟神发现海面上漂浮着一个女子。她命中注定要遭此一劫，被无情的男友抛入海中。龟神大发慈悲，将她救上了岸。女子最后活了下来，却变成一个哀怨的魔鬼，不断扰乱人间。因怨恨太深，她最后被造物主收服了。龟神因此而受到惩罚，被埋在海底一万年。而那座乌龟山，是龟神的夫人，为了守护龟神,将自己定在黎安港的海边,至今也不知多少年了。

楚诗诗:这个传说是真的吗,安?

黎安哈哈大笑:哎呀,骗你的啦!这种骗小孩子的童话你也信哦!真傻。

黎安摸摸楚诗诗的头发。

楚诗诗有点生气:哎哟!搞了半天是你自己编的啊!

楚诗诗用小拳头捶打着黎安。

黎安抓住她的手傻笑:我也不知道是不是真的,我爸跟我说的,我根本不信。

楚诗诗:那就不管它了。走,我们去海洋主题公园游乐场坐摩天轮去!

黎安:好。

黎安微笑着刮着她挺秀的鼻子。

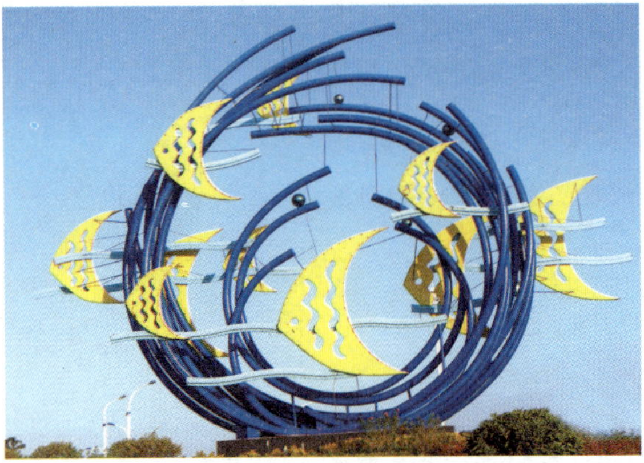

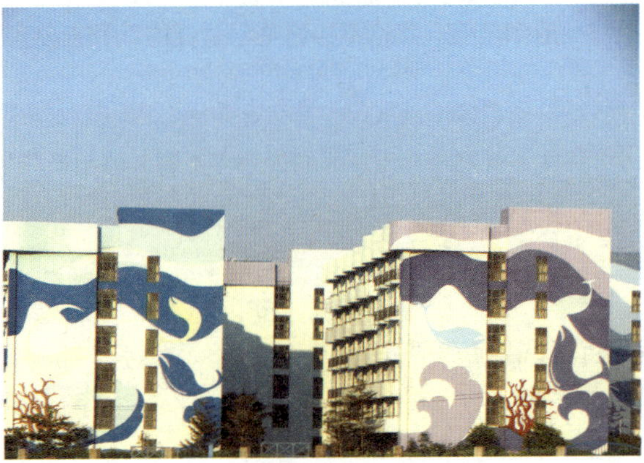

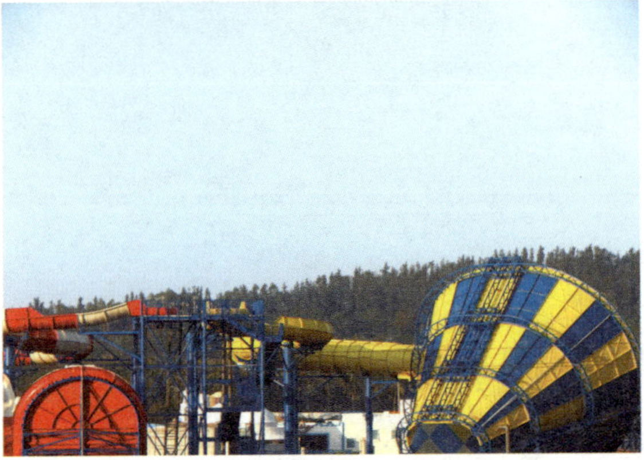

29、(闪回)外景 海洋主题公园游乐场 日

　　黎安和楚诗诗来到了海洋主题公园游乐场,在工作人员的安排下,坐进摩天轮一个小小的银色空间里。

30、(闪回)内景 摩天轮内 日

    黎安把彼此的安全带都绑好。

    楚诗诗对着天空傻笑着。

    黎安：这一次不怕了吧?

    楚诗诗：拜托！我没有真正怕过哦！

    楚诗诗佯装生气，但眼睛一直在笑，样子很可爱。

    摩天轮在空中开始摆动。

    楚诗诗马上害怕得大声叫喊，黎安则在一边微笑，袖手旁观，静静欣赏。

十 日

31、（闪回）外景 天空 日

　　天，是那么蓝；云，是那么白。鸟儿自由自在地飞翔着。
一切看起来都很美好。

32、内景 楚诗诗的房间 日

　　坐在诗诗身边的黎安还是微笑着,很快,失望的表情又浮现在他脸上。

　　他站起身来,准备去到另一个房间,那是楚诗诗父母的房间。

33、内景 楚氏夫妇的房间 日

黎安进入后,用手摸着屋内的衣柜,以及墙壁上楚诗诗一家人的全家福,然后在书桌前坐下。

他叹了口气,是为楚诗诗。

他站起身来,不是出去,而是躺在床上。

床很软,很凉。

他渐渐地把自己的身体蜷缩成一团。

34、(闪回)内景 楚氏夫妇的房间 日

同一张床上,黎安也是这样蜷缩着,胸前拥着楚诗诗。

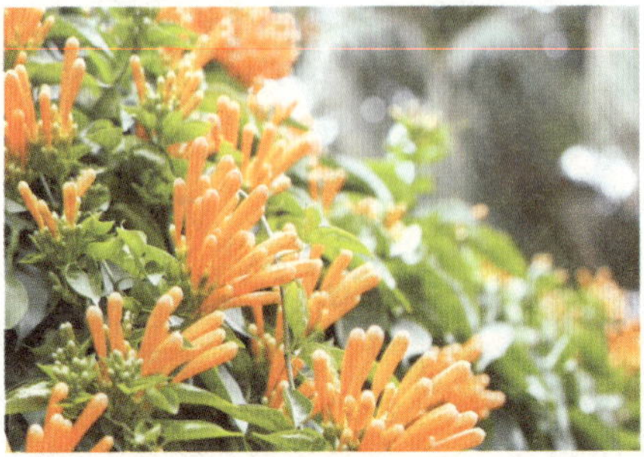
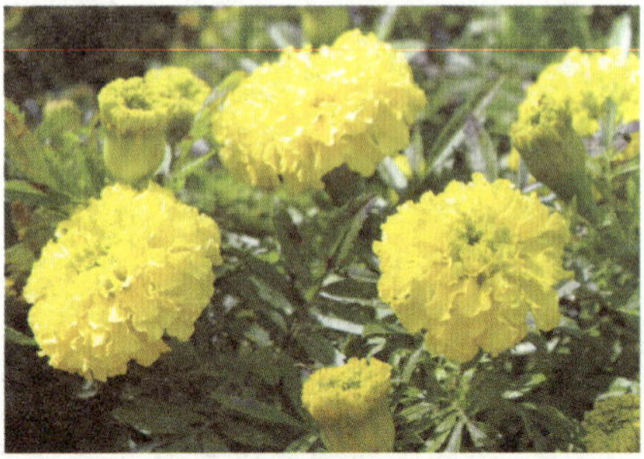
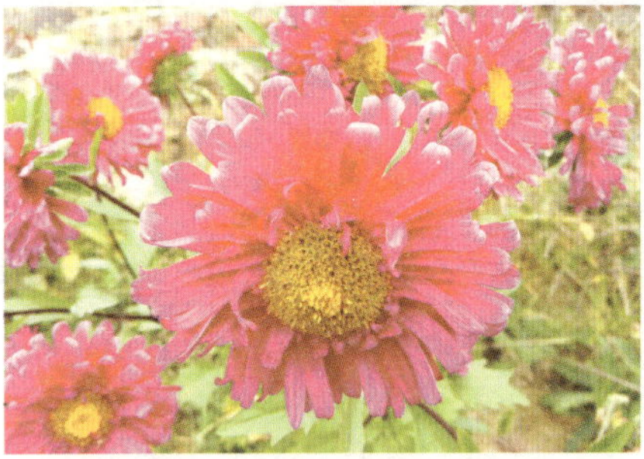
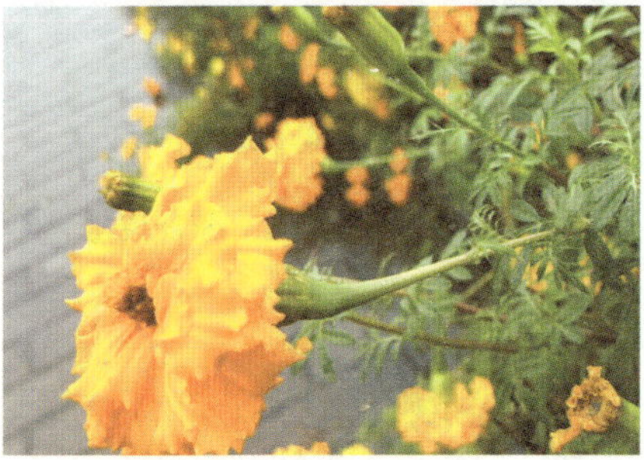
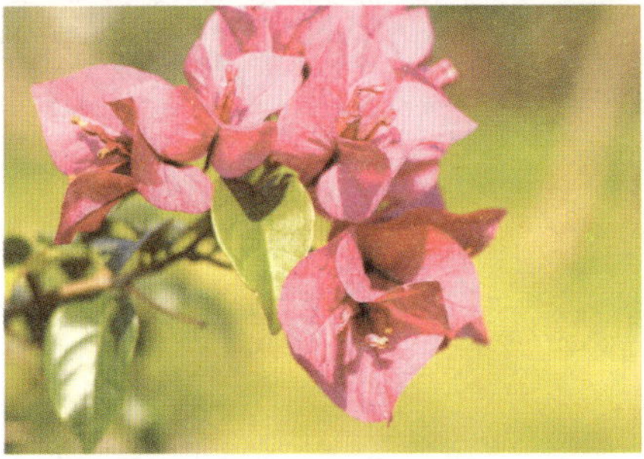
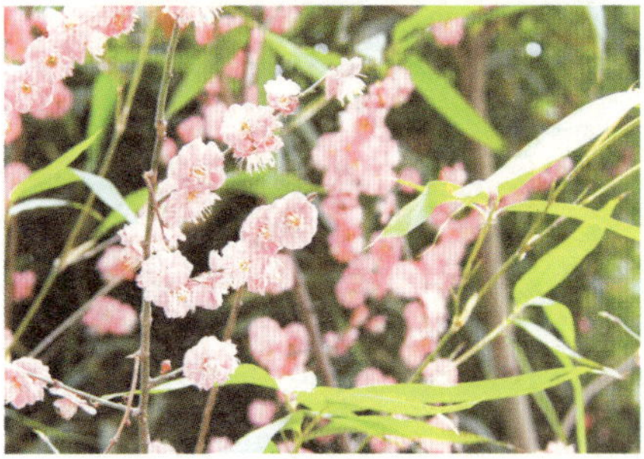
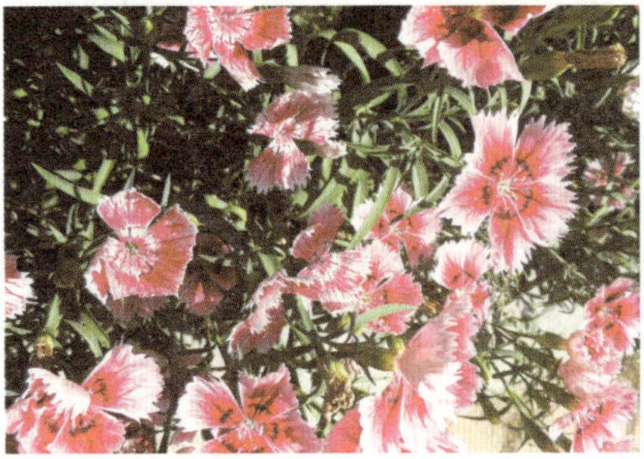
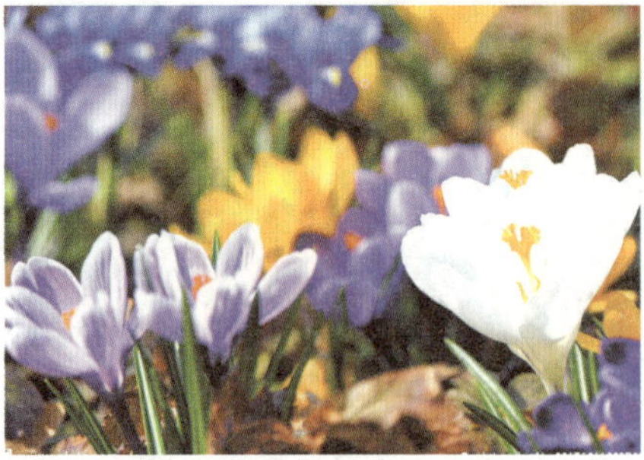

35、内景 楚氏夫妇的房间 日

（镜头回到了只有他一个人蜷缩在床上的凄凉画面。）

黎安静静地躺在床上，思绪拉得很远，这时，时空在他的眼中发生了转变。

36、(闪回)外景 某风光秀丽的庄园 日

晴空万里,风和日丽。

黎安和楚诗诗徜徉在令人痴醉的花海。

楚诗诗(牵着黎安的手微笑):我们去那片兰花中间的小路上散步,好不好?

黎安:为什么不呢?

黎安宠爱地笑着,表情越来越显神秘。他突然把她横抱在怀里。

楚诗诗非常惊喜,脸色更加羞涩起来。

黎安抱着她在兰花丛中的小路上慢悠悠地踱着步子。她的脸像一块红润的云霞,黎安痴痴地看着此时全世界最美好、最漂亮的女人。

走了一段路后,黎安抱着她在原地转起圈来。

楚诗诗被这个即兴表演给刺激了,开心地笑起来,声音很甜美,好像鸟儿唱着动人的歌。

她搂着他的脖子,看着周围的兰花,笑得很灿烂。

楚诗诗（声音很轻）：放下我吧！

她疼惜地看着这个有些累的男孩。

黎安听了她的话，没有再转下去，轻轻把她放下来。

楚诗诗（刚落地，有些头晕）：呀……

但快乐一直写在脸上。

她用手轻轻按着自己的太阳穴。

黎安把她的手拂下来，用自己的两只手很认真地轻揉她的太阳穴。

黎安：头还晕吗？

楚诗诗笑而不语。

黎安继续帮她按摩。

楚诗诗却似已经等不及了，轻轻踮起脚尖，闭上眼睛吻了眼前这个男人。

黎安的手停住了，惊讶于她的主动。他并没有放下自己的手，反而捧着她的头热烈地回吻她。他们吻了很久很久。

（画面淡出）

37、（闪回）外景 某风光秀丽的庄园 日

　　黎安和楚诗诗在庄园里时而奔跑，时而静静采摘鲜花，时而亲昵嬉戏。

　　空气中洋溢着浪漫的气息。

　　这片花海实在是太美了，美得惊艳，美得深沉，美得让人羡慕，美得让人陶醉。

38、内景 楚氏夫妇的房间 日

　　黎安还是蜷缩在床上,眼角的泪水悄悄划落在浅蓝色的床单上。

　　他没有转身,依然是老样子,但身体似乎在颤抖。

　　他的眼睛定格在前面那张全家福上,楚诗诗的微笑很温暖。

　　黎安(突然起身):也不知道她的父母去哪里了,应该是去别的地方了吧!

　　黎安没有再流泪,看了看左腕的银色手表,已经是下午了。

　　突然间,他发现楚诗诗的药还在自己手里。

　　他长长地叹了口气,走向楚诗诗的房间。

160　如果，我回来

39、内景 楚诗诗的房间 日

　　黎安把药放在诗诗的床边,无意间看到床边还有一本和床单颜色相似的精致日记本。

　　他小心翼翼地拿起日记本,却有些害怕和犹豫,迟迟未敢翻开它。

　　日记本沉甸甸的,他不知该如何处理。

　　终于,他还是决定把日记本带走。

　　他再看了一眼心爱的女子,便关上房门。

40、外景 楚家屋外 日

黎安轻轻关上坟墓最外层的门。

他到自己的车前,打开车门,把日记本放在副驾驶座上,随后发动汽车。他的动作越来越娴熟,很有赛车手的风范。

41、外景 海洋主题公园游乐场 日

黎安信步来到游乐场。

不知哪里传来的声音：嗨！黎安。

黎安循声望去，海运一家人自不远处走来。

海运（微笑着）：你一定觉得很诧异吧！

黎安：这是楚诗诗最喜欢的游乐场。

灵水：你是来寻找有关她的气息的吧？

灵水温柔地看着黎安，像个大姐姐。

黎安：嗯。

他们不再说话，找了一个安静的地方，坐下来。

倩倩跑到不远处的儿童乐园玩。一只鹦鹉飞到倩倩身边，大家都没有留意。

黎安（由衷地感慨）：你们一家很幸福啊！

海运（看看倩倩，非常认真）：其实，这只是我们对倩倩的弥补

而已。

　　黎安有点惊愕。

　　海运回过头来，但没有看黎安。

　　海运：我和灵水以前并不相爱，直到一家人发生车祸的一瞬间也不相爱。

　　海运（看着黎安）：我们常常吵架，摔东西，完全不顾倩倩在房间里哭泣。我们不是好父母，对不对？

　　黎安不置可否。

　　一直不说话的灵水认真听着这一切，也看着黎安。黎安微笑着不予置评。

海运：现在我们又活了一次，记忆依然存在，但倩倩在那场车祸中被撞了头，丧失了所有记忆。她一复活就问我们她是谁。看见她，我们就想起过往那些伤害过她的日子。(笑)我抱着她，告诉她，她叫倩倩，是一个天使。小家伙什么都不懂，只是快乐笑着。

海运叹了口气（转过头看着黎安）：我和灵水决定给她一个崭新的回忆，虽然她已经知道自己只有十天的生命，但她似乎一点都不怕，或许孩子不喜欢多想吧！

不远处倩倩看到黎安，慢慢跑回来，带来一只鹦鹉。

黎安：那你怕吗？

黎安终于不再沉默，但他也没有再微笑，表情极其认真。

海运：怕。（看着妻子和孩子）我怕没有时间给她们母女更多的爱。

灵水感动的泪水夺眶而出，慌忙拭去。倩倩回到灵水身边，鹦鹉不停地叫着"小狗蛋"。倩倩非常开心。

黎安：做好现在的事情吧！至少我们还有机会弥补啊！（黎安微笑着拍着海运的肩膀）我知道你一定会这么想。

海运沉默。

鹦鹉又叫了一声：小狗蛋。

倩倩开心地说：黎叔叔，我找来一只鹦鹉，非常可爱，可它为什么一直叫着"小狗蛋"呢？

黎安微笑着：可能因为它的主人叫"小狗蛋"吧！

倩倩：原来它在找它的主人啊！

倩倩把鹦鹉轻轻放下，鹦鹉一边叫着"小狗蛋"，一边飞走了。

一家人都轻轻笑了。

聊了一会儿，黎安就跟他们道别了。

42、外景 海洋主题公园停车场 日

　　黎安找到自己的汽车，开门上车，看到副驾驶座上的日记本发起了呆。

　　半晌，他很快把车开走了。

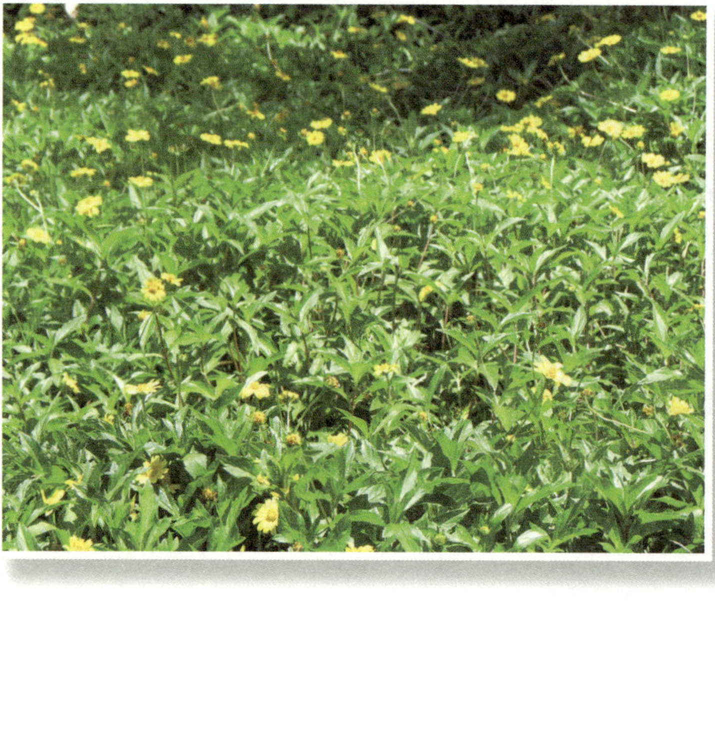

43、内景 黎安的房间 日

黎安回房间,拿着那本日记忐忑不安。

他坐在窗边,随性往窗口一看,满地黄色的小野花映入眼帘。

他笑了,心情转好。

随后,他转过头来,小心翼翼地翻开日记本。

第一页是空白。(特写)

翻开第二页,清秀的字迹映入眼帘。楚诗诗漂亮的面孔在字里行间慢慢浮现。她在日记本里对黎安说话。

楚诗诗:亲爱的安,自从你去了天国,我每天都在想一件事情,会不会有那么一天,你会突然出现在我的眼前呢?我把这件事告诉妈妈,她却伤心极了。她以为我得了精神病,每天都幻想你会回来。可我哪有什么病呢?我只是太思念你而已。

楚诗诗的在日记本里一直说着说着。

黎安心碎得掉下泪珠。

他一页一页翻着，一页一页看着。

楚诗诗的脸始终浮现在字里行间。

楚诗诗：我今天到那个铺满紫罗兰的庄园里游玩了。庄园主人看见我，向我打招呼，问我怎么是一个人。我竟然骂了他！我说，你才是一个人呢！安就在我的身边，没看见吗？他也像妈妈一样认为我是神经病。其实我真的没有病，我只是感觉到了你的气息，觉得你在我身边而已。你说那个人该不该骂呢？我的灵魂和肉体都是要和你合在一起的，无论我在哪里，无论我在做什么。可他竟然说我是一个人！一个人多么孤单啊！那么悲凉而落寞的事情是永远不会发生在我身上的，对不对？安，你是不是睡着了？你怎么不跟我讲话呢？

黎安的眼眶湿透了，眼泪落在日记本上，打在楚诗诗的脸上，可他还是一页一页地翻着。

楚诗诗：安，昨天晚上我梦见你了，你在跟我说话，你说你要从天国带礼物给我，说你回来后还要走，不过，你答应我要带我一起走。我想说的是，安，你不用花时间买礼物了，你快点回来带我走，好不好？我已经等不及了！下午，我终于劝服父母跟我去爬山。我爬得很快，远远地把他们甩在后头。我来到山顶，俯瞰这个美丽的世界，然后仰望蓝蓝的天空。有那么一瞬间，我仿佛见到了你，你的模样在我脑海里越来越清晰，我是多么高兴啊！可又是一瞬间，你英俊的模样消失了！天空依然那么蓝，却没有那么美好了！我回过头一看，原来是我父母在拉扯着我的衣服阻止我去跟你见面！妈妈哭得不像样，她是一个很注意形象的女人，却因为我像个乞丐似的在我面前哭泣。那个时候，我的心都碎了！（楚诗诗的脸上也挂上了泪）对不起！我没有勇气再次跟你见面。为了父母，我只能选择当一个没有爱的傀儡，像生了很严重的病一样苟活在这个世界上。安，请你原谅我的自私，我真没办法跟你一起走。请你不要怪我，我知道你时时刻刻都在我身边。有时候，我会在夜晚醒来，感觉你在我床边安静地坐着。你用那双温柔的大手帮我盖上软软的被子；可当我伸手摸你脸的时候，你又突然间消失了。我好害怕，害怕失去你的那一瞬间。为什么你要突然离我而去？安，对不起，是我害了你。（楚诗诗哭得更厉害了）如果不是我任性，硬要去学游泳，也不会发生那样让人心碎的事情了。安，有时候活着竟比死还痛苦，可周围所有人却宁愿让我痛苦。我想要得到灵魂的解脱，这样才可以见到你，才可以让你好好惩罚我的任性，可是他们竟然说，如果我想让你安心，就必须好好活着。我突然间明白，备受煎熬地活着，确实是比死还严重的惩罚。安，我接受惩罚了，我会好好活着，你会回来原谅我吗？

黎安的眼泪湿了一页又一页。

日记本里的楚诗诗认真回视着手捧日记本的黎安。

黎安一直哭，一直哭。眼泪打在日记本上，打在楚诗诗的脸上，终于，楚诗诗的脸从日记本上消失了，消失的时候，时空发生了变化。

44、（闪回）外景 黎安港海边 日

初秋，太阳依然火热，从来没有游过泳的楚诗诗出乎意料地缠着黎安去黎安港海边学游泳，尽管他有点犹豫，终究还是答应了。

他们来到美丽的海边，海浪很小，这让黎安暗暗舒了一口气。

穿好游泳衣，黎安开始手把手教她，她学得非常认真，所以她很快就学会了。

楚诗诗：看，我是不是很聪明啊？

楚诗诗兴奋地在他面前游着。

黎安（高兴极了）：是呢！其实你不必急的。

楚诗诗：可是我想早点和你鸳鸯戏水啊！

楚诗诗笑着游到他面前，又猛地往水里一扎，不见了。

黎安：哦！

他站在水里愣了一会儿。

当他再次看向楚诗诗的时候，她已经游到很深的海域了。

爱情，就此陨落……

黎安看着前面一浪高过一浪的海水，有些担心起来。

黎安：诗诗！赶快回来！

楚诗诗（回头冲黎安挥挥手，笑着喊）：我没事的！

谁知刚刚说完这句话，一个海浪就把她吞没了。

黎安：诗诗——

黎安吓傻了眼，赶紧拿了附近的救生圈扔过去，随后像海豚一样在海里猛扎。

黎安（边游边喊）：诗诗！你在哪里？

他游到楚诗诗被淹没的地方，却不见她的踪影。他在水中游着，拼命寻找爱人。

不知游了多远，黎安疲惫至极，呼吸也变得困难。他赶紧露出水面，往四周一望，发现楚诗诗已上了岸，套着救生圈四处张望，像一只因丧失安全感而惊慌失措的兔子。

他甚感惊喜，并快速游向岸边。

黎安奋力游着，突然间，他的双脚剧烈地抽搐起来。

关键时刻，他抽筋了，慌乱地在海面上挣扎着，却已无力游向岸边。

楚诗诗亲眼看着他沉没下去。

楚诗诗（狂叫）：安——

这是黎安最后一次听到她的声音。

45、内景 黎安的房间 日

黎安没有再看下去,将日记本合上,心情益发沉重。

他拿着日记本来到窗前,看着遍地小野花,沉默不语。

一辆跑车出现在黎安眼前,是海运一家,三人均带着满脸的笑容。

下车时,他们也看到了黎安。灵水对黎安挥手,后者面无表情地回视她。

灵水和海运似乎感受到了黎安此时的悲伤,停在那里不知要不要过来安慰他。

黎安勉强挤出一个笑容,表示自己没事。

见状,海运一家回到自己家里。

世界好像又只剩下黎安一个人了。

他端了端肩膀,感觉全身都好累。他将日记本放在床头柜上,上床便睡。

46、外景 某欧式建筑物前 日

黎安来到该建筑物的定时钟下，看到上面显示的时间只有二百零六个小时了。时间还在慢慢流逝，他紧张了起来。

海运不知什么时候来到他旁边。

黎安纹丝不动。

海运：你是不是要去分界洲寻找造物主？

黎安默认。

海运：你我都知道，这是一个相当艰难的过程。

海运看着黎安，黎安神色坚定。

黎安把眼神从定时钟上拉了回来，望向海运，非常认真地看着他。

黎安：你会帮我吗？

海运愣住了，不知如何作答。

海运：可我的孩子太小，不适合长途跋涉。

倩倩和灵水不知何时也出现在他们身后不远处。

倩倩：爸爸！（快要哭出来）如果你不帮安叔叔，我会很伤心的，会觉得剩下的日子也过得不快乐。安叔叔需要我们的帮助，我们一起去见造物主吧！

黎安不置可否，始终站在原地不说话。灵水是个顺从的女子，亦无多大的主见。

海运（沉默良久，终于张开怀抱）：孩子，爸爸有什么理由不支持你呢？

倩倩高兴地跑到海运怀里，所有人都笑了。

如果，我回来

47、外景 黎安的屋外 日

　　黎安和海运一家把收拾好的行李放进黎安汽车的后备厢。大家陆续钻入车内。

　　黎安发动汽车。

　　黎安：你们带上枪了没？谁也不知道路上会遇到什么！

　　海运：都带上了。为了命运和自由，出发吧！

　　汽车行驶在柏油马路上，速度越来越快。

48、外景 柏油马路 日

车子驶入一条笔直的柏油马路，飞速行驶，路两边都是茂密的丛林。

车里播放着歌曲，歌词如下：

当我发现我还有爱的时候

我就知道，我没有白活着

当我知道我剩下的生命里

有爱支撑，活着就有意义

如果我们想要自己的物种得以存活

如果我们想拯救这世界一切的生灵

如果我们发现了生命所存在的意义

爱是唯一的答案

因为爱，我们才活着

因为爱，我们才死去

伴随着歌声，车子驶入一片森林，崎岖的路并不影响前进的速度。车上一行四人来不及欣赏沿途各种奇花异草。时间就这么不留痕迹地溜走了。

车子不知在林中绕了多久，终于顺着小路绕出来，行至山谷之中。

空旷的山谷异常安静。

海运朝山谷大声喊叫，空中立刻传来阵阵回声。

汽车顺着山路开过一座座山谷，最终行至无边无垠的海边，停下。

黎安看看手表，只剩下了六十个小时了。

49、外景 合景汀澜海岸 日

四人从车内出来,站在沙滩上。

海运(望着黎安):这是哪里?

黎安:途经分界洲的必经之路——合景汀澜海岸。

海运(望着大海茫然起来):没有船,怎么过去?

黎安(翻开一本古老的书):等。

大家坐在沙滩上默默等待。半晌,他们看见一叶木制小船从海中间漂了过来,上面没有人。

海运(惊讶):这么小的船能划到分界洲吗?

黎安不答,将枪别在身上,带着灵水和倩倩踏上小船。

海运(紧随其后):见机行事吧!

十 日

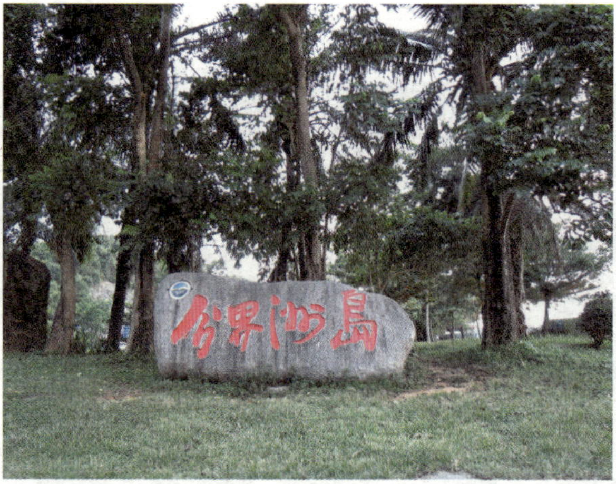
分界洲島

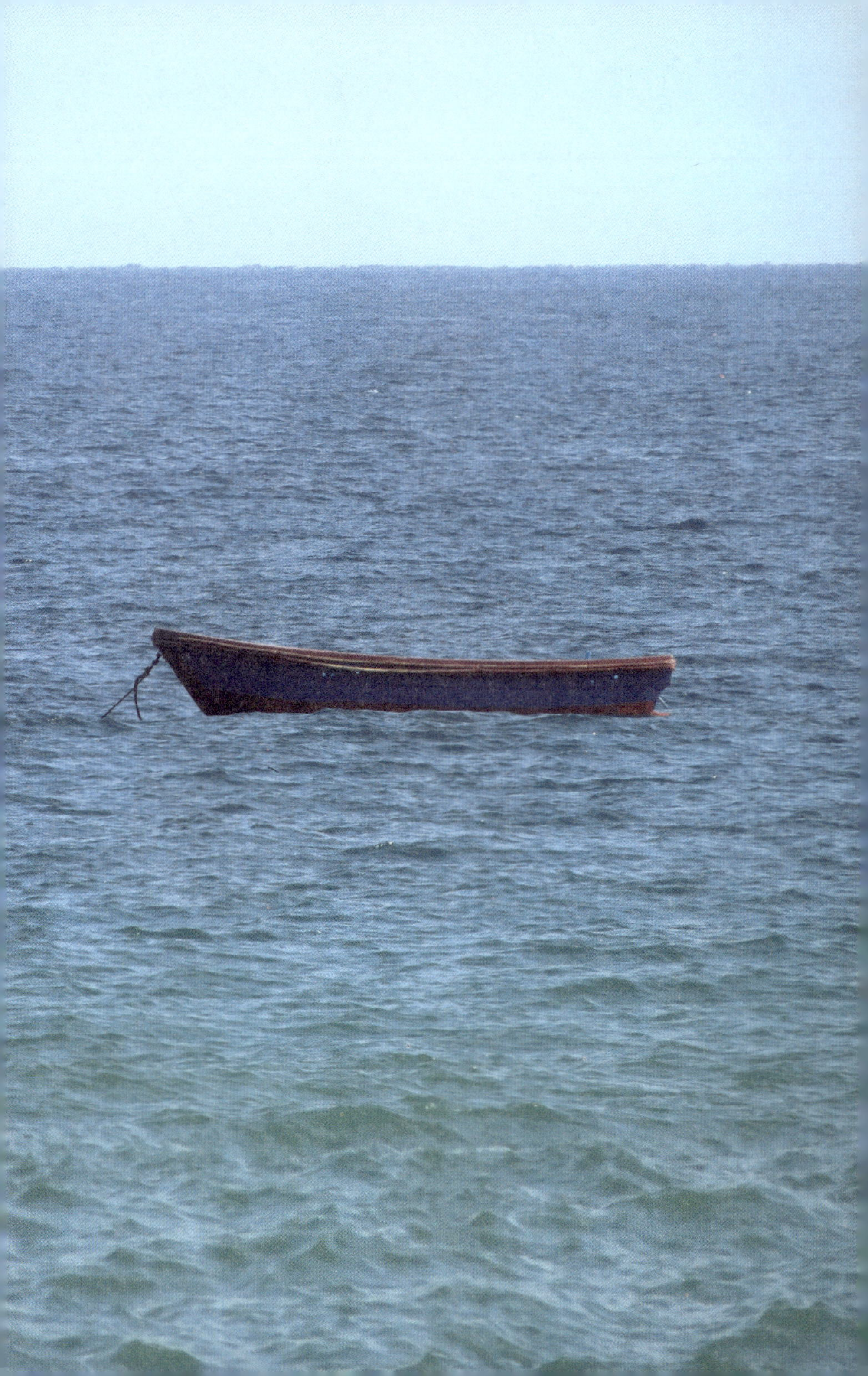

如果，我回来

50、外景 海面 日

黎安和海运持桨划船，小船缓缓前行。

小船驶进茫茫海中央，众人已辨不清方向。

黎安拿着指南针在思索。海运全力以赴划着船。倩倩躺在妈妈怀里睡着了。灵水望着天边的海岸线出神。

夕阳红得像柿子饼，映在海面上。远处有几只不知名的鸟在蓝蓝的天空自由翱翔。

一切看起来很好美。

51、外景 海面 日

小船在海中央荡漾，后面紧随一群食人的鲨鱼。它们的速度越来越快，船上的人却浑然不知。突然，鱼群游到船底，用力顶撞船身。灵水母女落水。灵水吓坏了，一直尖叫；倩倩也被海水呛醒了，漂浮在海面上。

黎安、海运侥幸留在船上，赶忙解下枪，对着鱼群扫射。几只大鲨鱼不知游到何处去了。

海运从船上取下救生衣，跳入水中，游向妻女，帮她们穿上。在黎安的协助下，三人重新登船。

这时，有两只较大的鲨鱼再度袭来。黎安从侧面击中了它们的脑袋。海运见状，也赶紧恢复状态，举枪击溃剩下的几只鲨鱼。

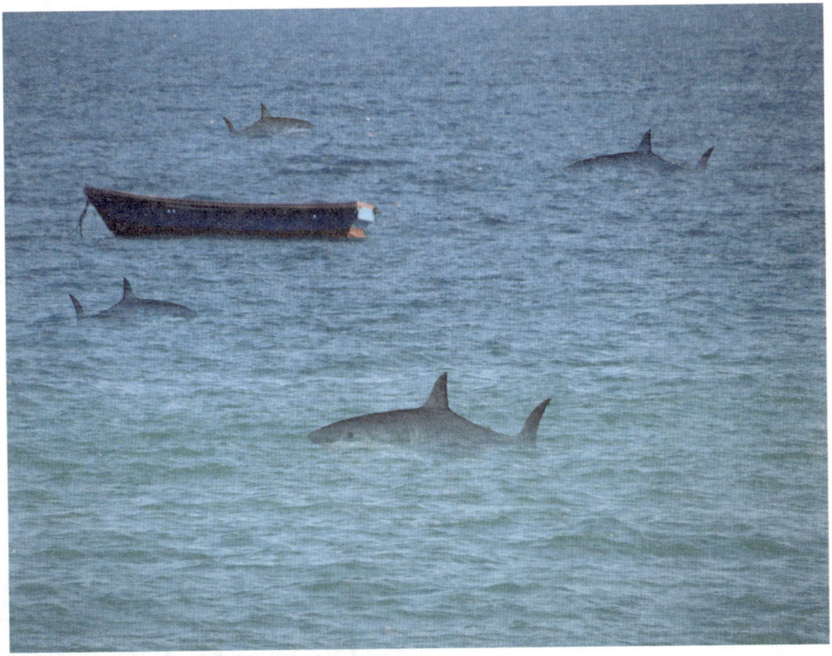

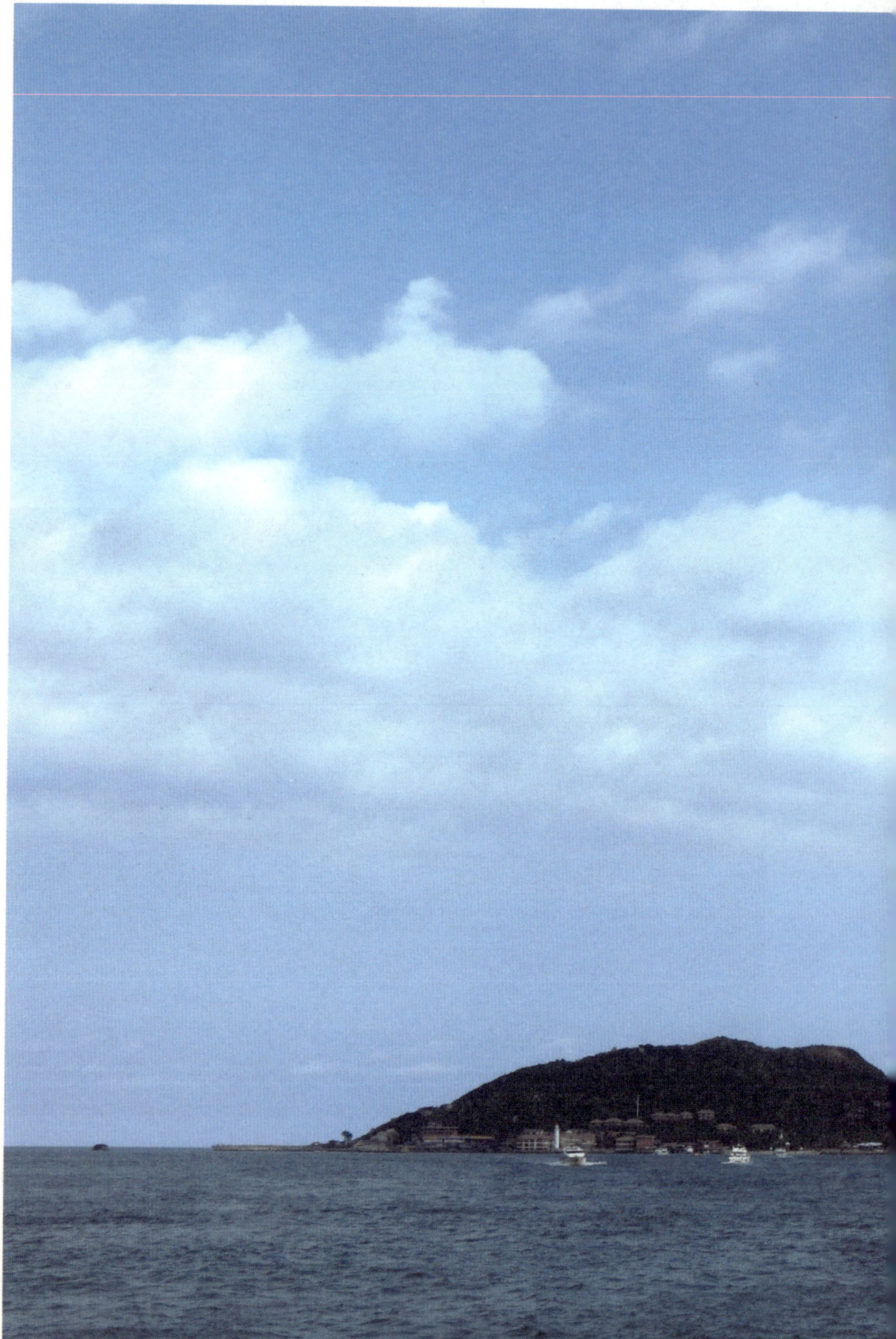

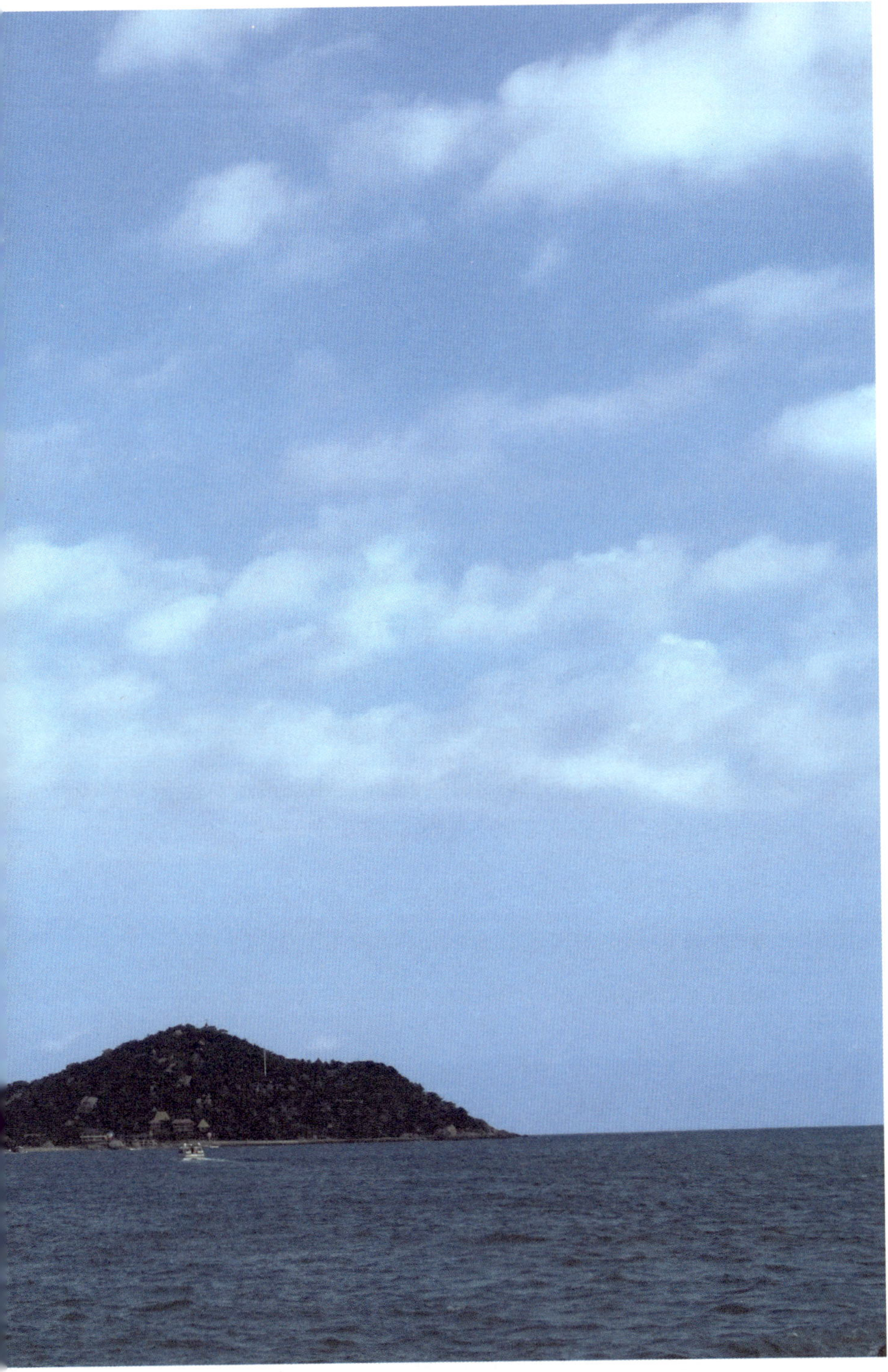

52、外景 海面 日

海面重归宁静，海水一片鲜红。

谁知，又有一只大鲨鱼现身，跳出水面突然咬住海运的手臂，将他再度拽下水。海运拼命挣扎，整只左臂被鲨鱼咬断。他大叫一声，妻女二人也吓得惨叫。黎安赶忙拿出枪，以最快的速度击毙最后这只鲨鱼。随后，将海运救起。灵水和倩倩已哭成泪人。海运痛得躺在船上大口喘着粗气。黎安将自己的衣服扯下来包住海运的手臂，扎得严严实实的。血终于止住了。

海运（强颜欢笑，安慰妻女）：我没事，别担心，至少还活着。

黎安心情复杂，看着远处若隐若现的分界洲，不禁犹豫了。

海运（坚定地说）：伙计，划船吧，失去一只手臂或许能换来命运的转机。

黎安欲言又止，继续划船。

53、外景 分界洲岸边 日

小船终于停靠在分界洲岸边。

这是一个非常美丽安静的小岛，也是最接近天堂的所在。万能的造物主就住在此处最高的山顶上。

黎安（望向远处的山顶）：看到那个古老的房屋了吗？

大家顺着黎安的眼神望去。

黎安（拨开灌木丛，往深处走去）：我在前面走，大家跟着我，不要说话。

194　如果，我回来

54、外景 林中 日

林中的植被都有上千年的历史，奇花异草，包罗万象，更有着各种各样奇妙的生物，他们根本不知道它们的名字。

四人小心翼翼地前行，拨开一片又一片的灌木丛。突然，一条巨蟒从洞中伸出头来。大家并未发现这具猛兽正在窥视着他们。

巨蟒凭借光滑的身体娴熟地在树丛中快速移动。

黎安走在前面，海运一家紧随其后。

巨蟒逐渐靠近他们，后者却浑然不知。

突然，巨蟒扬起身体，就要往前面扑。眼看海运的头就要被它吞入口中。

"砰"的一声巨响。黎安反应非常快，举枪打爆了蛇头。灵水和倩倩吓得拥在一起，蹲在地上。

巨蟒的身体还在地上蠕动，做垂死挣扎。半响，它就死了。

海运吓坏了，一直待在原地。黎安把他领到灵水母女面前，一家

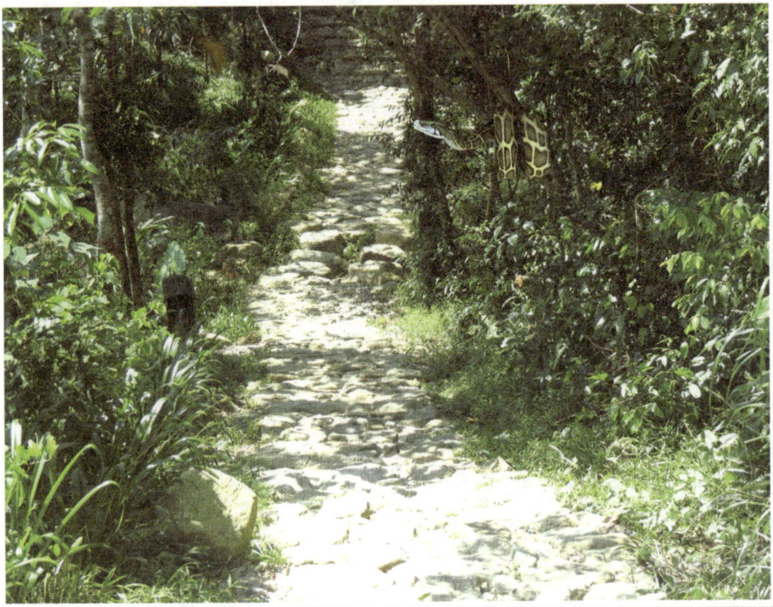

人抱头痛哭。

黎安（神色平静）：其实，你们可以选择安静地度过剩下的时间。

海运一家不再哭泣，陷入深深的沉思之中。母女俩不知要说些什么，始终看着海运，要他做最后的决定。

海运（绝望）：命运是注定的，无法改变。我们死了，这是无法改变的事实。

话音刚落，海运便看到倩倩那充满希望的眼睛顿时黯淡无光。

海运露出心痛的表情，非常无助地看着妻子。

灵水（温柔地看着丈夫）：亲爱的，也许我们可以死马当活马医，只要还有一线希望！

海运的脸瞬间变得温和起来。

倩倩（期待）：爸爸……

海运（冲在前面）：没有多少时间了，我们走吧！

黎安殿后，保护他们。

55、外景 林中 日

一行人小心翼翼地穿过森林。不知道绕了多久,他们开始害怕起来了,左顾右盼。

海运(大声吼叫):怎么我们又回到了原地了?

他的伤情也愈加严重起来。

黎安又拿出那本古老的书,快速翻阅,终于找到一幅画。

(特写)画上有一栋房子,即造物主之居所,下面配着几个字——迷雾林。

黎安(不太冷静):听着,这是一片迷雾林,很容易就迷惑我们的双眼。如果我们不及时走出去,别说找不找得到造物主,我们很可能被困死在这里。

海运(着急):怎么走出去呢?

黎安(一筹莫展):我也不知道。

众人陷入死寂,不知如何是好。

黎安看了一下手表,只剩下五十一个小时了。

56、外景 林中 夜

天色渐暗，众人又累又饿，坐在原地休息。

黎安拿出准备好的饼干和面包分给大家吃，自己也拿了一个面包吃起来。他一筹莫展地看着天空。

空中不见一颗星星，更无月亮，甚至连一片云也没有，像一块巨幅黑幕。

黎安（突然像是被人打了一棒似的起身，自言自语）：原来是这样！

海运一家赶快围了过来。

黎安说：听着，这个岛上所有的事物可能都是虚幻的，包括那栋房子——我们可能被包围起来了。你们想想看，自从进了分界洲，我们有没有看见过太阳？

海运：没留意啊！

黎安（用手指向天空）：你们看！

灵水（尖叫）：没有月亮！没有星星！没有云！连风都……

黎安（冷静）：分界洲的四周都是海，怎么可能没有一丝风呢？我们一定是被幻景围困起来了！

海运（着急）：有什么办法破解吗？

黎安开始收集树枝，攒成了一个火把，又掏出随身携带的打火机，将火把点燃。

黎安：火！火能摧毁一切！

海运（抢过黎安手上的火把）：你疯啦！难道要烧掉这个岛吗？我们自己也会被烧死的！

黎安（试图夺回火把）：相信我！

海运看着黎安的眼睛，再看向灵水和倩倩，母女二人都流露出相信黎安的神色。海运半信半疑地将火把还给黎安。

黎安示意他们走远一些。确定他们走远后，黎安将火把扔在地上，奇迹发生了。是的，只是一瞬间，这片虚幻的大地燃成了灰烬，在空中飘扬。四个人几乎睁不开眼睛。灰尘继续飞扬。四个人不知为何，相继倒下，失去知觉。

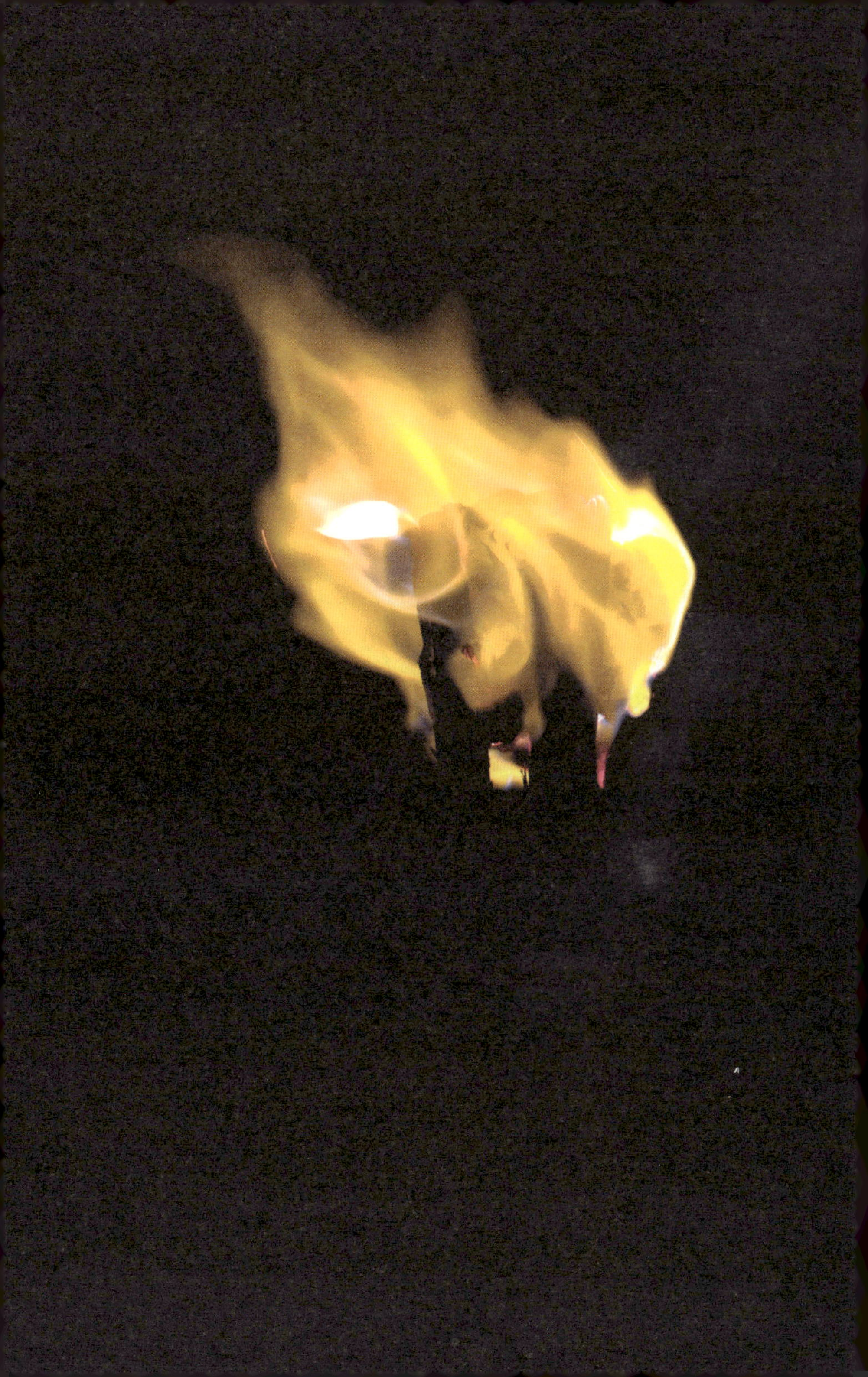

57、外景 草原 日

黎安等人陆续醒来时,发现自己置身新的陆地,是一片广阔无垠的大草原,牛羊自由自在地奔跑,鸟儿在天空肆意翱翔。

倩倩(奔跑起来):太美了!简直就是天堂!

灵水和海运也露出久违的笑容。

黎安看看手表,只剩三十五个小时了。

这时,大家听到一阵轻轻的脚步声,循声而望,只见一位清丽脱俗的白衣女子翩然而至。

女子身上有一对白色的翅膀——她是天使。

海运一家人慢慢靠近黎安。

天使走到黎安面前(微笑):你们回去吧!面见造物主是需要付出巨大代价的。

黎安:是生命吗?

天使(微笑):也不见得。这是由造物主决定的。

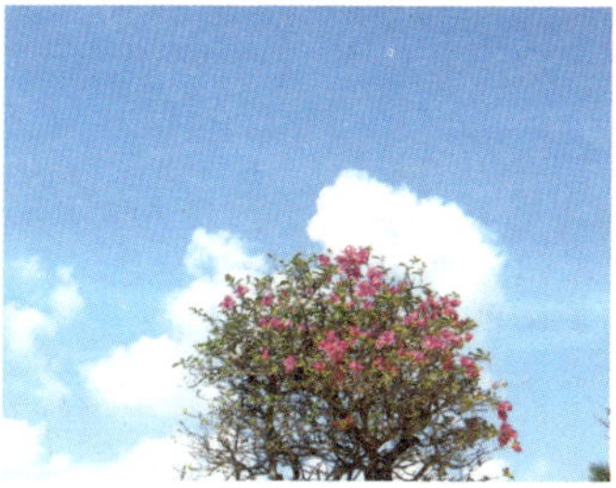
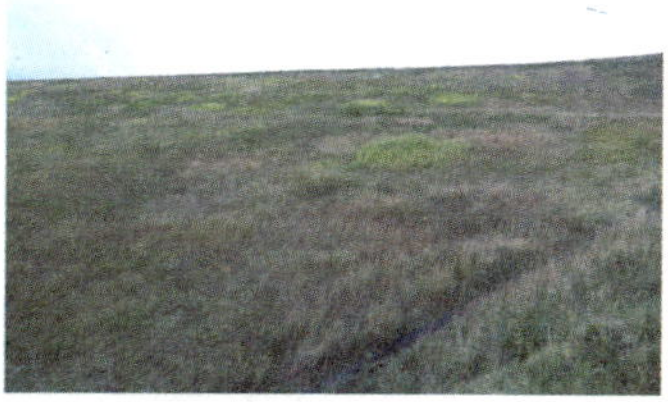
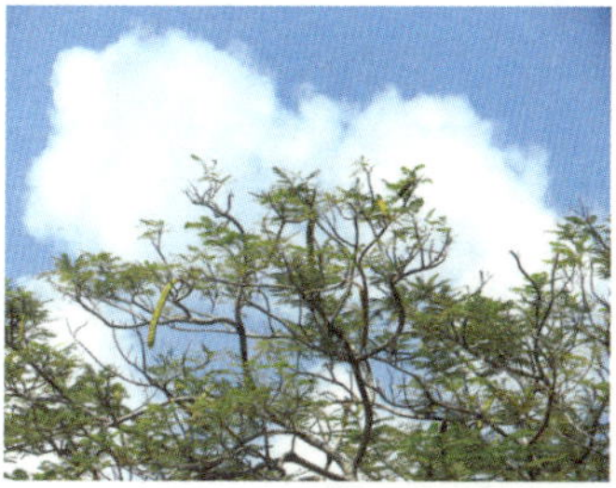
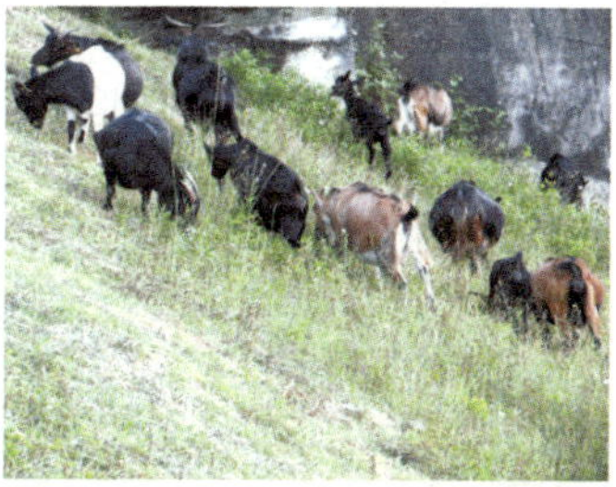
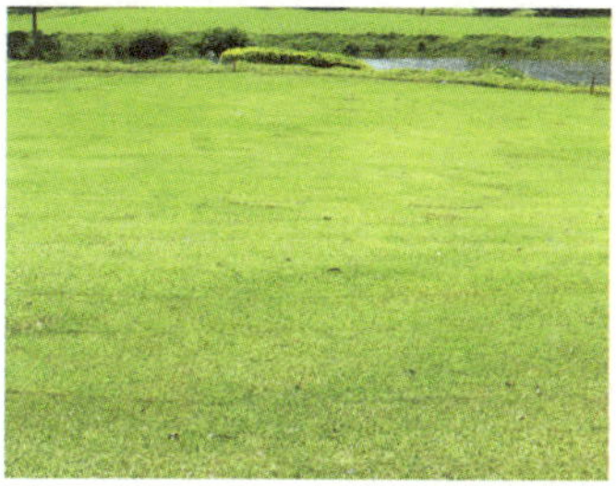
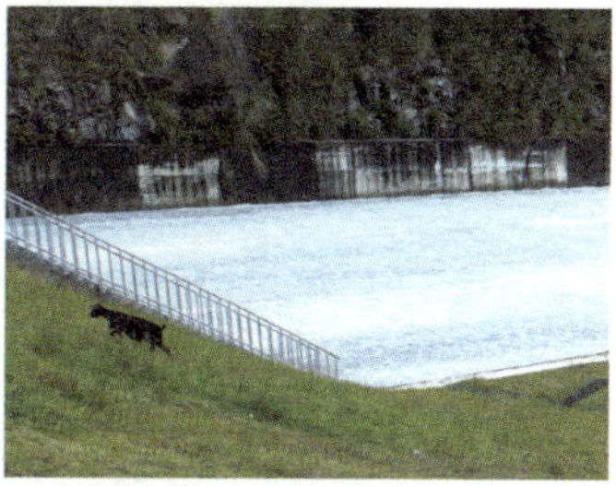
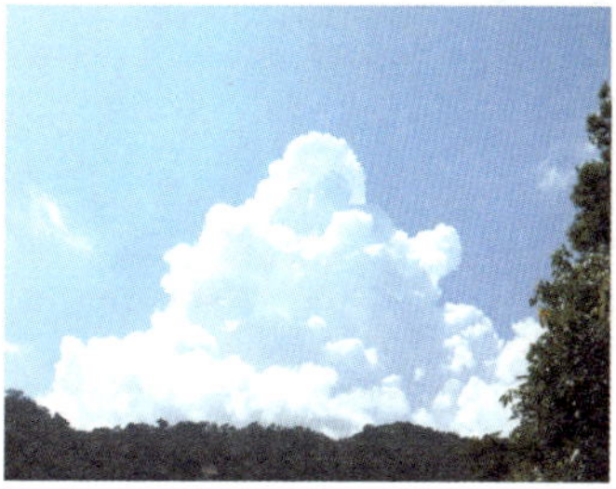
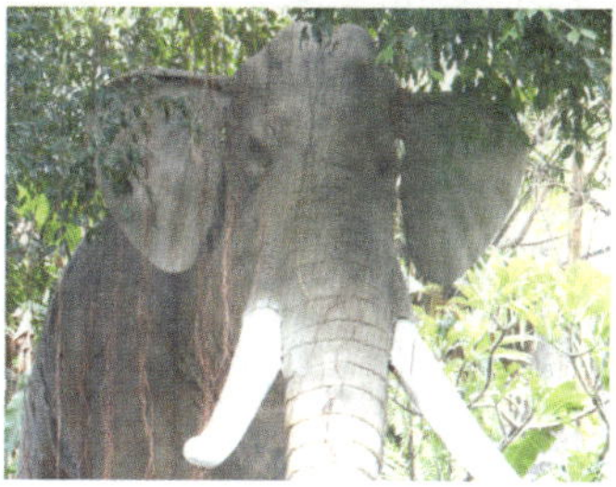

海运（来到天使面前）：你，真的是天使吗？

天使沉默地看着海运。

海运（指着自己的断臂，恨恨地）：如果你真的是天使，怎么会看到如此残酷的现实，而丝毫没有恻隐之心呢？

天使（微笑）：世间万物，都有各自的造化，福报恶报终有因果。你的手臂被鲨鱼咬断，也许是你前世种下的恶果。

海运气得一句话也答不上来。

黎安（走至天使面前）：请带我们去见造物主吧！我们甘愿承受任何代价！

天使审视众人，确认他们的意志坚决后，转身离去。众人紧随其后。

58、外景 小湖 日

一行人穿过一条羊肠小道,路边盛开着娇艳的花朵。走至弯弯的道路尽头,是一面平静无波的小湖,湖边围绕着缠绵柔媚的柳树。天使带领大家在湖边静静等待,自己则双手合十,开始祈祷,嘴里轻声叨念着什么。

很快,湖面开始泛起点点涟漪,一群红色的鲤鱼从湖底游至水面嬉戏。不一会儿,自远方树林飞来几十只漂亮的红蜻蜓,欢乐地在湖面上与鲤鱼嬉闹,可爱极了。

见状,倩倩喜不自胜。她拿出身上仅剩的面包,碾碎了丢在湖中,喂给鲤鱼吃。鲤鱼和蜻蜓看起来也非常高兴。美餐之后,鲤鱼和蜻蜓幻化为一道光,骤然消失。就在大家非常诧异的时候,湖中央出现了一条水线,将湖水劈成两半,水顺着中间的水线倾泻下去。

见状,黎安奋不顾身地跳入那条水线,余者犹豫片刻,也跟着陆续跳了下去。

天使伫立湖边,微笑地看着湖面再次恢复平静。

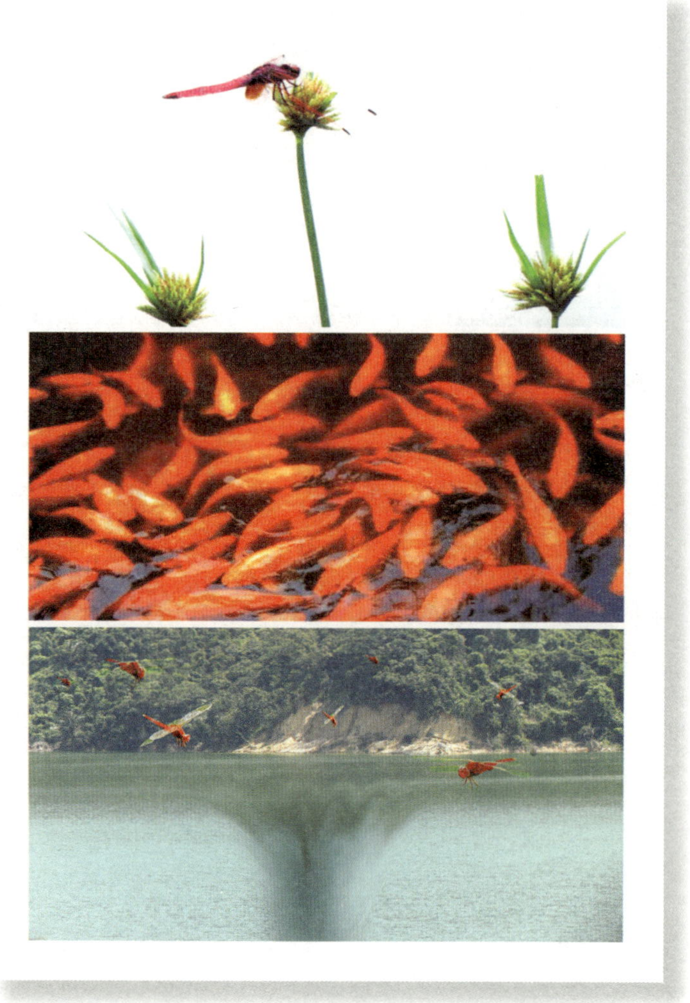

59、外景 天堂之门 日

　　黎安一行人被水流卷入湖底深处。倩倩害怕得不敢睁开眼睛。终于，水流把他们送至一扇门外。
　　大家镇定下来后，黎安率先打开这扇奇怪的门，引领海运等人走了进去。

如果，我回来

60、外景 天堂 日

门后，是另外一片天地。

他们站在云朵上。云朵驾着他们飞翔起来，直至造物主的面前。

造物主是一位慈祥的老人，他正盘坐在云朵上闭目养神。

61、外景 天堂 日

众人并没有打扰造物主，也效仿着盘坐在云朵之上，闭目养神。

半晌，大家睁开眼睛，看着造物主。

造物主终于睁开双眼，微笑着看着他们。

造物主：孩子们，你们想实现什么愿望？

海运：我们想活着！

造物主：谁都想永生，可谁都会死去。

灵水：可为何我们这么早便死去？

造物主：世间万物皆有矛盾。生命，既是永恒的，又是短暂的，这便是它的矛盾之处。唯有爱，永不老，永不死。

黎安（眼里闪过一丝希望）：您是说……

造物主：爱，可以使你们延续生命。

海运（激动）：我爱倩倩！只要能让倩倩活下去，我愿意付出自己的生命！

灵水（百感交集）：我也是！

倩倩（大哭）：我不要爸爸妈妈为我付出生命！

造物主：你们本身已经死了。

海运（心急如焚）：那么，我们应该怎么做？

造物主：积善，积德，积爱。

黎安：我们没有多少时间了……

造物主沉默，阳光洒在他的身上。同时，他化作一道光，不见了。

众人伫立原处，沉默不语。

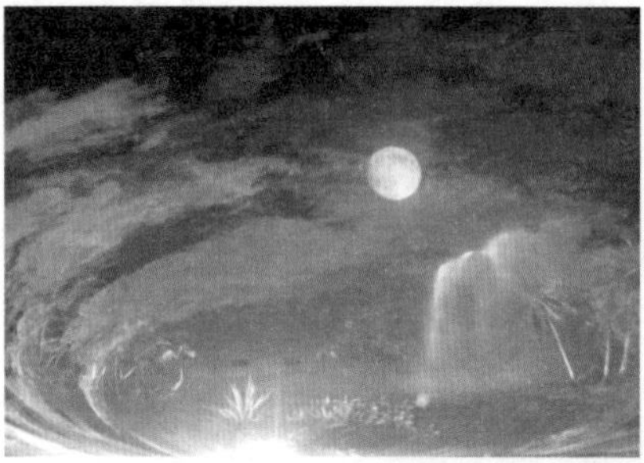
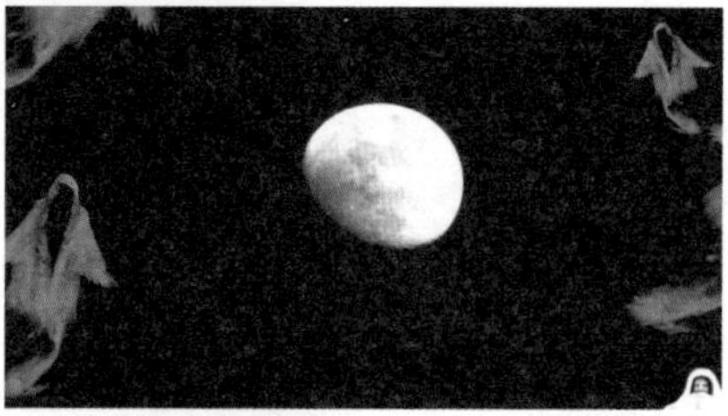
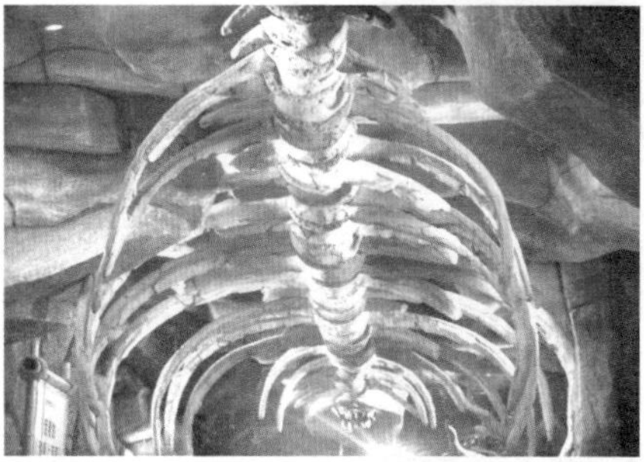
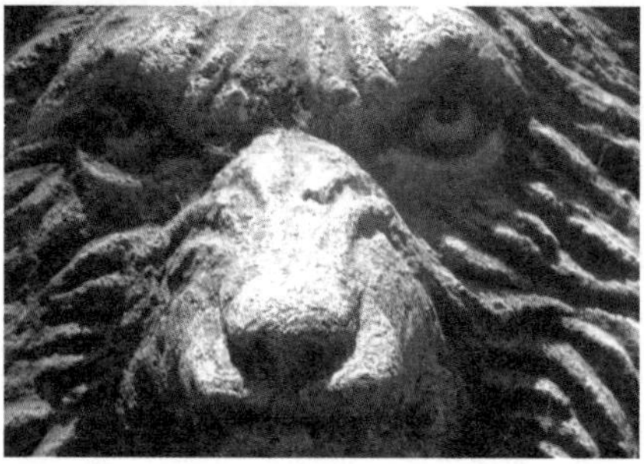

62、外景 心魔谷 夜

天使展翅飞在空中。

她带领黎安等人来到世界上最黑暗的地方——心魔谷。

这里有群魔乱舞、野兽嘶吼，灵水和倩倩害怕极了。

天使：如果你们能逃出去，就能活下来。

说完，天使便飞走了。

众人来不及多想，魔鬼和野兽已从四面八方聚拢过来。黎安挺身而出，挡在海运一家人前面。

魔鬼和野兽靠得越来越近。突然，海运举起枪一阵狂射，可不知为何，子弹纷纷反弹回来击穿了海运的身体。

灵水：海运！

黎安：海运！

倩倩：爸爸！

三人同时惊叫。

海运一句话都没留下，就倒下了。

魔鬼和野兽继而扑过来，灵水把倩倩护在怀中，坐以待毙。神奇的是，魔鬼和野兽见状，反而放弃攻击她们。

不远处的黎安举起枪，瞄准魔鬼和野兽。它们发疯般怒吼起来，张开血盆大口，即将把黎安吞噬。灵水飞身而去，一把夺过黎安手上的枪，狠狠摔在地上。魔鬼和野兽竟化作一道光，也消失了。

黎安和倩倩诧异不已，灵水惊魂未定。

片刻之后，灵水和倩倩来到海运跟前，伤心地哭了起来。

她们的眼泪落在海运的脸上，慢慢地，慢慢地，海运的眼睛竟然微微张开了。

倩倩（惊喜）：爸爸！

灵水（握住海运的右手）：海运！

海运：不要哭！我爱你们。倩倩，好好照顾妈妈。

倩倩（伤心地哭起来）：爸爸！

海运（转头看向妻子）：灵水，你有没有……爱过我？

灵水（边流泪边吻着丈夫的右手）：海运，我爱你！真的爱你！

海运幸福地看着她们，终于合上了双眼。

灵水：海运……

倩倩：爸爸……

母女俩伏在海运身上大哭起来。

黎安非常难过，走到母女俩身边，从后面拥住她们的肩膀。

海运竟然也化作一道光，消失了。

63、外景 心魔谷 日

这时，黑暗的心魔谷竟然慢慢变得光亮起来。

黎安他们看到前方有一扇光之门，慢慢走近。至门前，三人停步。

灵水：也许，这是改变命运的路。

黎安：也许吧！

三人一同走进这道光门。

64、外景 黎安的屋外 夜

　　旋即,光门消失,一道光将他们带回原先的房子外——他们又回来了。

　　黎安看了下手表,只剩下一个多小时。

　　黎安:可能,到了十二点,我们就再也见不到彼此了,即使是活着。

　　灵水:有缘的话,会见面的。快休息吧!倩倩,跟叔叔说再见。

　　倩倩(挥挥手):黎叔叔,再见!

　　黎安:好。

　　大家进了各自的房间。

65、内景 黎安的房间 夜

进屋后,黎安一下子就看到那本日记。

他迅速拿起日记本,又冲出房门。

66、外景 公路上 夜

黎安开着车,一路直奔楚诗诗家。

67、外景 楚家门口 夜

黎安到达了那座坟墓前。

68、内景 楚诗诗的房间 夜

黎安将日记本放到楚诗诗的床上。他深深地看一眼心上人。

黎安(画外音):我不知道造物主会不会让我留下来,可我尽力了,亲爱的。

楚诗诗并没有知觉。

黎安离去。

69、外景 公路上 夜

黎安驾着车一路狂飙,到达父母家,也是一个坟墓。

70、内景 黎家的客厅 夜

黎安进入客厅,一切如旧。

71、内景 黎家的卧室 夜

黎安迫不及待地推开卧室门。他的父母安详地熟睡着,母亲手中还拿着黎安的照片。

黎安的眼睛瞬间湿润了。他发现他们真的变老了。

72、内景 黎安的房间 夜

　　黎安来到自己原先的房间,却看到楚诗诗的父母躺在他的床上。他们看起来更加老。

73、内景 黎家的客厅 夜

黎安再度来到客厅。

他看了一下手表,只剩十五分钟了。

74、外景 黎家屋外 夜

黎安走出房门,启动汽车。

75、外景 公路上 夜

　　黎安一路狂飙。只有七分钟了、六分钟了……
　　黎安满头大汗,不禁害怕起来。如果没在十二点之前赶到坟墓,不知道会发生什么。

76、外景 黎安的屋外 夜

车子终于停在黎安的屋外。

他顾不得看时间,赶紧下车,奔至房门。

77、内景 黎安的房间 夜

黎安开门进屋,然后将背靠在门上,闭上眼睛。

78、外景 变化的世界 夜

十二点。

时间停止了。

世界又开始翻天覆地地变化起来。这回，房子没有变成坟墓，坟墓也没有变成房子，而是时间在迅速倒退，所有事物也都在倒退。

世间万物回到过去，回到五年前、八年前。世间万物持续倒退着。终于，一切变回了十年前那片夺去黎安生命的黎安港海岸。

232　如果，我回来

79、外景 黎安港的海边 日

黎安在看到楚诗诗得救后,奋力往她所在的方向游去。

黎安的腿抽筋了。

他继续在水中挣扎,一个海浪打过来,把他吞没了。他看不见楚诗诗了。

如果，我回来

80、内景 海底

终于,黎安再无力气。

他失去了知觉,像死了一样,无力地沉没在海中,直到身体触及海底。

突然,在黎安躺着的那块地方,似乎有什么东西将他慢慢顶了起来。

原来,是一只巨大的海龟。

它被造物主压在海底许多年,黎安的到来让它缓缓苏醒了。

海龟转头闻了闻背上男人的气息,用最快的速度载他浮上海面。

81、外景 黎安港海岸 日

惊慌失措的楚诗诗又看到黎安了。她难以置信地揉了揉眼睛,欣喜若狂。

海龟将黎安送到岸边,随后消失在海中。不远处的乌龟山似乎往海中央动了几下,又似乎没动。

楚诗诗抱着昏迷的黎安大哭。这时,医护人员都赶到了,将黎安火速送往医院。

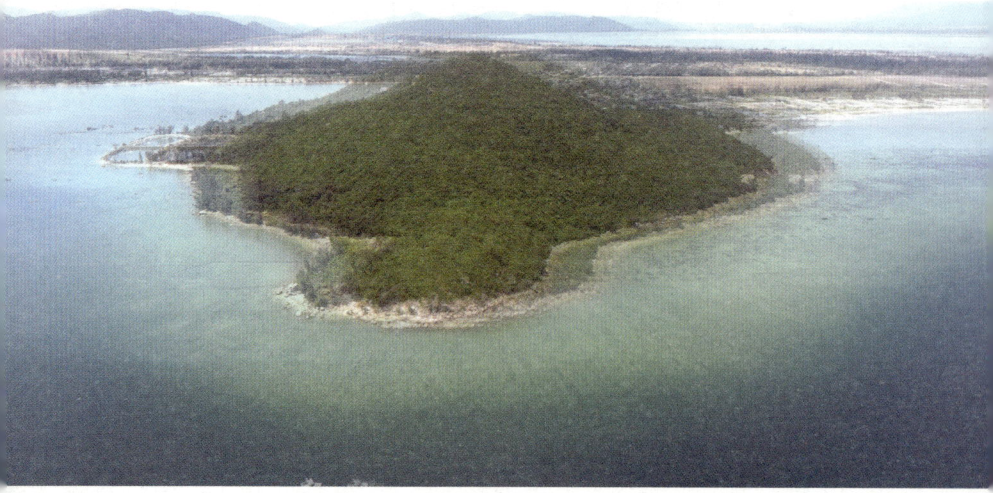

82、内景 医院病房 日

黎安终于醒了过来。

他迷迷糊糊地环视了四周一圈,头脑一片空白。

楚诗诗抓着他的手,两家父母都立于病床两侧。

黎安的头脑异常清醒。

黎安(喃喃):我还活着?

楚诗诗立刻哭出声来。

楚诗诗(愧疚):是啊,海浪差点将你带走!是一只巨大的海龟将你救上岸的。

黎安(非常诧异地望着父亲):难道,真的是那只海龟?

父亲意味深长地点点头。

黎安无法平静下来,表情非常复杂,却又掩饰不住重生的喜悦。

此时,响起敲门声。

黎安的母亲将门打开,走进来一对母女。

黎安非常惊讶。

众人莫名其妙地看着这对母女。

灵水（高兴）：黎安，我们赢了！

黎安（会意地笑）：是的，灵水，我们留下来了！

倩倩赶忙跑到黎安的床前。

倩倩：叔叔！我们……

黎安（在嘴前竖起食指，悄声）：嘘！这是我们三个人的秘密，好吗？

楚诗诗奇怪地注视着三人。

黎安：哦，忘记给你们介绍了！这是我的朋友灵水，还有她的女儿倩倩。

大家友善地和她们打招呼。

随后，母女俩离去。

83、外景 松树林 日

黎安和楚诗诗来到松树林散步。

楚诗诗（笑）：安，你似乎变了。

黎安说：嗯，经历过生死，肯定会变的。

楚诗诗不说话。

黎安：你是不是很好奇那只大海龟和那对母女？

楚诗诗：嗯，那只海龟真的非常大。直到现在我都不知道这只海龟是从哪里来的，实在太难以置信了。难道，传说是真的吗？他为什么要救你？难道……你是龟神的后人？真是太不可思议了！还有，你跟那对母女是何时认识的？我怎么不知道呢？

黎安（神秘地笑）：很多事情我也不是特别清楚。我也不知道那只海龟的出处。至于那对母女……我们是在天堂认识的……你信吗？

楚诗诗笑起来。无疑，她根本不信，但也不再追问。

楚诗诗：骗人！不愿说就算了，就让这些谜团随风而逝吧！我只

因为爱，我们活着
因为爱，我们留下

在乎你是不是依然留在我身边。

　　黎安（意味深长而又宠溺地望着她）：是的，我回来了，我不会离开你了。

　　黎安一直看着楚诗诗，后者也一直回视着他。

　　两人在松树林里拥吻，唯美，浪漫。

　　一阵清风袭来，两片棕绿色的树叶从树上飞身而下，在空中翩翩起舞，飞到房顶，又飞到男女主角的身边，落在他们的肩头。

　　画外音：因为爱，我们活着；因为爱，我们留下。

剧终

　　　。

　　　。

　　　。

图书在版编目（CIP）数据

如果，我回来 / 刘伟著. —北京：当代世界出版社，2018.2
ISBN 978-7-5090-1306-9

Ⅰ.①如… Ⅱ.①刘… Ⅲ.①中篇小说—中国—当代②剧本—中国—当代 Ⅳ.①I217.2

中国版本图书馆CIP数据核字（2017）第316799号

书　　名：	如果，我回来
出版发行：	当代世界出版社
地　　址：	北京市复兴路4号（100860）
网　　址：	http：//www.worldpress.org.cn
编务电话：	（010）83908456
发行电话：	（010）83908409
	（010）83908455
	（010）83908377
	（010）83908423（邮购）
	（010）83908410（传真）
经　　销：	全国新华书店
印　　刷：	北京墨阁印刷有限公司
开　　本：	880毫米×1230毫米　1/32
印　　张：	8
字　　数：	155千字
版　　次：	2018年2月第1版
印　　次：	2018年2月第1次
书　　号：	ISBN 978-7-5090-1306-9
定　　价：	42.00元

如发现印装质量问题，请与承印厂联系调换。
版权所有，翻印必究；未经许可，不得转载！